1X
2X
3.X

ACTION ZONE

Ken Roycroft

IM WÜRGEGRIFF DES SCHWARZEN KRAKEN

UEBERREUTER

Das FSC-zertifizierte Papier EOS für Jugendbücher aus dem
Ueberreuter Verlag liefert Salzer Papier, Österreich.

FSC
Mix
Produktgruppe aus vorbildlich
bewirtschafteten Wäldern und
anderen kontrollierten Herkünften
Zert.-Nr. GFA-COC-1262
www.fsc.org
© 1996 Forest Stewardship Council

ISBN 978-3-8000-5392-6

Umschlaggestaltung von Init, Büro für Gestaltung, Bielefeld,
unter Verwendung eines Fotos von Getty Images, München
Lektorat: Peter Thannisch

Druck: Friedrich Pustet, Regensburg
1 3 5 7 6 4 2

Ueberreuter im Internet: www.ueberreuter.at

VERFOLGT

Cody Jones wusste, dass er verfolgt wurde. Schon vor zehn Minuten hatte er es mitgekriegt. Deshalb änderte er seinen Fahrstil gar nicht erst.

Er knüppelte den Roadracer unverdrossen über die hügeligen Straßen seiner Heimatstadt Hackensack.

Auf seinem Superfahrrad fuhr er sowieso immer, als hätte er den Teufel im Nacken. Wenn er ausgerechnet in diesem Moment plötzlich langsamer geworden wäre, hätten sie Verdacht geschöpft.

Genau das aber sollten die Verfolger nicht. Sie sollten weiter denken, er hätte nichts bemerkt.

Seit Tagen spielte er den Lockvogel und nun hatten sie endlich angebissen.

Er vermutete, dass es die Kerle von der Geheimorganisation »Schwarzer Krake« waren. Ja, sie waren es ganz bestimmt. Denn sie hatten eine Rechnung zu begleichen und deshalb waren sie ihm auf den Hacken, in einem schwarzen Geländewagen.

Cody war ein paar Mal abgebogen und kreuz und quer durch das Stadtgebiet gekurvt. Die schwarze Kiste war immer hinter ihm geblieben.

Deshalb war die Sache klar: Sie hatten es auf ihn abgesehen.

Eine Verwechslung war diesmal ausgeschlossen.

Bei der letzten Begegnung hatten sie ihn noch für Aaron Howell gehalten, das Genie der CIA. Cody und Aaron sahen sich nämlich ähnlich wie Zwillingsbrüder.

Der Schwarze Krake hatte Aaron, den Jungen mit dem Verstand eines Albert Einstein, entführen wollen, um sich sein Wissen zunutze zu machen, denn die Verbrecherbande hatte sich zum Ziel gesetzt, die ganze Welt zu beherrschen. Nur hatten sie statt des Genies Cody erwischt.

So war Cody in die Kreise des amerikanischen Geheimdienstes geraten, denn Aaron Howell arbeitete für einen so genannten Think Tank der CIA, eine Denkfabrik. Das war ein Institut, in dem Hochbegabte jeden Tag darüber nachgrübelten, wo Lücken im Verteidigungssystem der USA sein könnten, von wo der freien Welt bisher unbekannte Gefahren blühten und wie man diesen potenziellen Bedrohungen am besten begegnete, bevor es ernst wurde.

Kurzum: Sie fanden Lösungsstrategien für Probleme, bevor diese Probleme überhaupt auftraten, damit man im Falle eines Falles gerüstet war. Im Ernstfall konnte das Tausenden von Menschen das Leben retten.

Seit ihrem damaligen Abenteuer waren Cody und Aaron nicht nur befreundet. Cody hatte damals dazu beigetragen, dass der Schwarze Krake außer Gefecht gesetzt worden war, sodass man auch ihn zum Agenten gemacht hatte.

Cody, das Sportler-Ass – Aaron, des Geistesgenie ...

Mit dem Vorteil, dass sich die beiden Jungen äußerlich so ungemein ähnlich sahen, würden sie allerdings nicht mehr punkten können. Man würde sie nicht mehr verwechseln. Nach den Geschehnissen vom vergangenen Jahr wusste die Gegenseite bestens Bescheid.

Dritte im Bunde war Danielle Perkins. Die schwarzhaarige Schönheit gehörte ebenfalls zu jenem Kreis hochintelligenter Jugendlicher, die im Breckenridge Mansion, jenem Think Tank der CIA, arbeiteten.

Gemeinsam hatten Cody, Aaron und Danielle damals die Krakenkerle hinter Schloss und Riegel gebracht. Doch die Burschen waren wieder freigekommen. Sie hatten für den Notfall vorgesorgt und ein Einsatzkommando in der Hinterhand gehabt, das sie Monate später befreit hatte.

Cody und seine Freunde rechneten schon lange damit, dass ein Killerkommando des Schwarzen Kraken bei ihnen auftauchen würde, um Rache zu üben. Nun schien es endlich so weit zu sein. Ja, in der Tat, endlich! Für Cody war es fast eine Erleichterung. Die Zeit der Ungewissheit war vorbei. Gut so.

Angst hatte er vor den Kerlen nämlich nicht. Sie kochten auch nur mit Wasser. Okay, sie waren bewaffnet und richtig gefährlich. Außerdem waren sie hinterhältig und gemein. Und sie schreckten vor nichts zurück.

Doch für Cody war es ein Heimspiel, was hier lief.

Mittlerweile hatte er seine Verfolger bis an den Stadtrand gelockt. Er kannte sich aus – hier, außerhalb von Hackensack, New Jersey. Wenn er wollte, konnte er jederzeit spurlos verschwinden. Es gab jede Menge Seitenwege, Buschgruppen und Wälder.

Außerdem war da ein Industriegebiet, an dem er gleich vorbeikommen würde. Mit den vielen Werkshallen, Bürogebäuden und Maschendrahtzäunen drumherum war es das reinste Labyrinth.

Er schaltete herunter und nahm die nächste Steigung mit verstärkter Beinarbeit.

Auf der Hügelkuppe angekommen warf er einen kurzen Blick zurück. Er grinste. Da waren sie wieder.

Drei bis vier Kerle in einem schwarzen Jeep Cherokee. Die genaue Zahl der Fahrzeuginsassen konnte er nicht erkennen, wegen der Entfernung und der dunkel getönten Seitenscheiben. Praktisch sah er nur zwei Mondgesichter – als helle Flecke hinter der Windschutzscheibe.

Das Dumme war nur: Sie holten auf.

Sein Vorsprung betrug höchstens noch eine Meile.

Cody schaltete hoch und jagte die lange Gerade hinunter. Die Reifen mit ihrem mächtigen Profil sangen auf dem Asphalt. Die Ziffernanzeige des Digitaltachos zappelte höher und höher.

Dreißig Meilen, das waren sechsundvierzig Kilometer pro Stunde. Und er hatte gerade mal die Hälfte der Geraden hinter sich.

In rasender Fahrt jagte Cody auf die Bodensenke zu. Da unten verbreiterte sich die Fahrbahn, mit Abbiegespuren in die Abzweigung zum Industriegebiet. Der Tacho stieg weiter.

Aber Cody hatte keine Zeit mehr, darauf zu achten. Ohnehin hatte er seinen hörbaren Geschwindigkeitsmesser, die Reifen. Sie sangen nicht mehr, sie heulten wie eine Sirene.

Mit diesem Affenzahn, das wusste er, kriegte er die Kurve nicht.

Aber er *musste* nach rechts abzischen, rein in den Irrgarten der Industrie. Da konnte er den Burschen im Jeep zeigen, welche Vorteile man auf zwei Roadracer-Rädern hatte – gegenüber vier dicken Geländereifen. Sie sollten wissen, dass sie es nicht mit einem Anfänger zu tun hatten.

Daher setzte er die Stotterbremse ein. Natürlich nur auf die Hinterräder, schließlich wollte er nicht abheben. Er hatte nicht vor, wie eine Rakete über den Lenker zu sausen. Und er wollte auch nicht zum Landeanflug auf die Betonpiste ansetzen.

Der Hinterreifen des Superfahrrads zog ein schwarz-graues Strichmuster auf die Abbiegespur. Dadurch ratterte der Roadracer wie ein Maschinengewehr. Gleichzeitig heulte sich die Sirene aus. Der Gesang der Reifen sank vom Sopran in die Tonlage zwischen Tenor und Bariton.

Die Abbiegespur mündete in die Hauptstraße des Industriegebiets. Cody schaffte es, die Giant nach rechts zu ziehen.

Er war wie verwachsen mit dem Fahrrad, einer serienmäßigen Giant Trinity C 0. Selbst das kleinste Steinchen, über das die Reifen rollten, spürte er durch den Sattel mit dem Hinterteil. Die Gabeln und der aerodynamische Rahmen waren Spezialanfertigungen, auf seine Körpermaße abgestimmt.

Die ganze Profimaschine war für ihn maßgeschneidert worden, damals zu seinem vierzehnten Geburtstag. Das war zwar schon fast drei Jahre her, aber seine Eltern hatten nichts falsch gemacht: Nicht zuletzt wegen der normal großen Räder war das Rad für ihn immer noch voll ausreichend. Außerdem hatte er sich größenmäßig kaum verändert. Er hatte schon mit vierzehn fast wie ein Erwachsener ausgesehen.

Erneut beschleunigte er. Die Fabrikhallen und die Bürogebäude des Industriegebiets sausten regelrecht an ihm vorbei. Über die erste Kreuzung fuhr er geradeaus hinweg. Lieferwagen kamen ihm entgegen. Fahrradkuriere waren zwischen den einzelnen Firmen unterwegs. Auch auf Motorrollern kurvten Boten durch die Gegend.

Während Cody an der zweiten Kreuzung nach links abbog, warf er einen Blick zurück. Und erschrak. Der schwarze Geländewagen seiner Verfolger tauchte in diesem Moment an der Einmündung ins Industriegebiet auf.

Cody reagierte sofort. Er beugte sich tief über den Lenker, bis er mit dem Kinn fast das GPS-Gerät berührte. Gleichzeitig holte er alles aus seinen Beinmuskeln heraus. Die Giant beschleunigte wie ein Sportwagen unter Vollgas. Das GPS-Gerät brauchte er vorläufig noch nicht, doch er wusste, dass sich das sehr schnell ändern konnte.

An der übernächsten Einmündung bog er nach rechts ab, konnte sich aber nicht überzeugen, ob die Verfolger schon wieder Sichtkontakt zu ihm hatten. Er konzentrierte sich voll auf die Fahrtrichtung.

Die kleineren Straßen zwischen den vielen Firmen waren tatsächlich wie ein Irrgarten. Doch sie eigneten sich hervorragend für das Spiel, das er mit den Kerlen im Geländewagen spielte. Wenn sie weiter dranblieben, war es für ihn der Beweis, dass sie es tatsächlich auf ihn abgesehen hatten.

Dann erst konnte er zur Sache kommen – mit handfesten Maßnahmen, von denen sie sich sicher noch nichts träumen ließen.

Nachdem er ungefähr zehn Mal kreuz und quer abgebogen war, erreichte er zum zweiten Mal die Straße, in der sich sein Ziel befand. Es war eine große, fabrikmäßige Bäckerei. »Hawthorne & Co. Inc., United Bakeries« stand in riesigen Buchstaben auf dem Torbogen, der die Einfahrt überspannte.

Cody jagte auf das Pförtnerhäuschen zu. Der Mann hinter den großen Glaswänden erkannte ihn sofort und winkte ihm zu.

Cody bog in die Gasse hinter dem Häuschen ein, dann noch einmal nach rechts, und schon befand er sich auf dem Parkplatz für das Wachpersonal.

Durch den Hintereingang, der ihm bestens vertraut war, erreichte er den Dienstraum der Pförtner.

Harry Preston schwang auf seinem Drehstuhl herum. Er trug die dunkelblaue Uniform des Sicherheitsdienstes. Darin sah er fast aus wie ein Cop. Und Polizeibeamter war er früher auch gewesen, in einem Revier, das Codys Dad geleitet hatte.

»Hi, Cody!«, rief er erfreut. »Lange nicht gesehen. Sieht so aus, als ob du nicht freiwillig hier bist.«

»Stimmt«, antwortete der athletisch gebaute blonde Junge. Er lief auf Preston zu und ging links neben ihm in die Hocke. »Ich werde verfolgt, Harry. Kann ich mich einen Moment bei dir verstecken?«

»Verstecken?«, wiederholte Preston erstaunt. »Die Polizei rufen – das ist es, was man in so einem Fall tun sollte. Wieso muss ich Brandon Jones' Sohn das erklären?«

»Musst du nicht«, entgegnete Cody hastig. Sein Vater war Captain des New York Police Department, auf der anderen Seite des Hudson River, im berühmten Big Apple, dem »Großen Apfel«, wie die Amerikaner New York City nannten. »Für diese Sache ist die Polizei nicht zuständig.«

»Wer denn dann?«

»Ich«, antwortete Cody knapp.

Angespannt spähte er durch das große Fenster zur Straße hinaus. Dabei drückte er sich tief genug, um von draußen nicht gesehen zu werden.

»Verstehe«, sagt Harry Preston trocken. »Du hast die High School hinter dir und bist jetzt der diensteifrigste Kadett an der New York Police Academy.«

»So was Ähnliches«, erwiderte Cody.

Zum Glück wurde er gleich darauf von weiteren Erklärungen entbunden. Denn draußen rollte ein schwarzes Fahrzeug ins Blickfeld. Der Wagen kam aus der Richtung, aus der auch Cody kurz zuvor gekommen war.

»Sind sie das? Deine Verfolger?«, fragte Harry Preston. Ohne eine Antwort abzuwarten, stellte er im Tonfall eines Polizeibeamten fest: »Fahrzeugtyp Jeep Grand Cherokee, New-Jersey-Kennzeichen mit Anfangsziffern Acht-Acht, also ein Leihwagen. Mindestens zwei Fahrzeuginsassen, weitere Mitfahrer wegen der schwarz getönten hinteren Scheiben nicht zu erkennen.«

»Stimmt«, sagte Cody knapp. »Das sind die Halunken.«

»Also jetzt die Neun-Eins-Eins«, sagte Harry. »Leider habe ich die letzten Zahlen des Nummernschilds nicht erkennen können.«

911 war die Notrufnummer für Polizei und Rettungsdienste.

»Bitte lass die Polizei aus dem Spiel«, bat Cody eindringlich. »Ich muss mich nur kurz bei dir verstecken. Wenn du jetzt die Cops rufen würdest, würdest du mir nur schaden.«

Cody richtete sich auf, als der schwarze Jeep nicht mehr zu sehen war. »Danke, dass du mir den Gefallen getan hast, Harry. Jetzt muss ich wieder raus.«

Der ehemalige Kollege seines Vaters schüttelte den Kopf. »Du hörst dich an wie ein Geheimagent.«

»Klingt gar nicht so verkehrt«, rief Cody lachend, schon auf dem Weg zur hinteren Tür.

Bevor Harry ihn weiter ausquetschen konnte, war er draußen.

Möglich, dass der Wachmann seinen ehemaligen Vorgesetzten anrufen würde. Doch Codys Vater würde nichts Unüberlegtes tun. Schließlich wusste er, dass sein Sohn inzwischen ebenfalls für den Geheimdienst arbeitete und sogar einen Agentenausweis erhalten hatte.

Cody klemmte sich die Giant zwischen die Beine, blieb vor dem Hinterausgang des Pförtnerhäuschens stehen und rief Aaron an.

Während er dem Rufzeichen seines Handys lauschte, schaltete er das GPS-Gerät ein. Es wurde von einem leistungsstarken Akku gespeist, der, ähnlich wie bei der Hybrid-Technik moderner Autos, beim Bremsen immer wieder neu aufgeladen wurde.

Es dauerte elend lange, bis Aaron sich endlich meldete. Dabei musste er sich doch in seiner Computerbude aufhalten, denn es war erst früher Nachmittag.

»Was ist los?«, fragte das Genie unwillig. Natürlich konnte er auf dem Display seines Telefons sehen, wer ihn anrief.

»Sie sind da«, erklärte Cody.

»Du meinst ...« Aaron unterbrach sich. Obwohl sie über eine sichere Leitung telefonierten, wollte er keine Einzelheiten nennen. Im Übrigen wusste er alles über den Einsatz seines Doppelgängers. Folglich konnte Cody nur die Männer des Schwarzen Kraken meinen.

»Exakt«, erwiderte Cody. »Es sei denn, unsere Vorgesetzten haben beschlossen, mich zu testen. Mit anderen Worten, die ganze Sache könnte inszeniert sein.«

»Von unserer eigenen Firma?«, entgegnete Aaron beinahe beleidigt. »Du spinnst wohl.«

»Hey, Mann, was ist los mit dir? Ich brauche deine Hilfe. Wie du vielleicht mitgekriegt hast, werde ich verfolgt. Schwarzer

Jeep Grand Cherokee mit mindestens zwei, wahrscheinlich mehr Insassen. Zurzeit kurvt der im Industriegebiet Nord herum. Ich möchte, dass du ihn mit BEST ortest und markierst.« BEST war ein Satelliten-Beobachtungs-Programm, das Aaron selbst entworfen hatte. »Und dann überspielst du mir das Ganze auf meinen GPS-Kasten. Während du das tust, checkst du nebenbei, ob Mansfield einen Test mit mir veranstaltet oder nicht.« Agent Paul Mansfield – das war der Chef des Think Tanks, für den Aaron und Cody tätig waren.

»Bist du neuerdings mein Vorgesetzter?«

»Ich fasse es nicht!«, stöhnte Cody. »Ist dir irgendwas über die Leber gekrochen? Eine Laus? Oder anderes Viehzeug?«

»Reg dich ab«, brummte Aaron. »Warte einen Moment, falls das nicht zu viel verlangt ist.«

»In Ordnung«, sagte Cody, konnte gleichzeitig aber nur den Kopf schütteln.

Okay, sie hatten schon das eine oder andere Mal miteinander Stress gehabt. Aber so übel gelaunt wie eben war Aaron eigentlich noch nie gewesen. Irgendwas stimmte nicht mit ihm. Nur hatte Cody keine Zeit, das zu ergründen. Am besten würde es sein, wenn Danielle sich darum kümmerte.

Ihr würde Aaron alles erzählen. Denn insgeheim betete er sie an. Doch er wusste genau, dass er nicht ihr Typ war. Er hatte akzeptieren müssen, dass Danielle und Cody ein Paar waren.

Trotzdem konnte Aaron das wohl noch immer nicht ganz fassen. Schließlich sah er genauso aus wie Cody. Warum, hatte er mal gesagt, konnte Danielle sich dann nicht ebenso gut für ihn entscheiden?

Aber dieses Thema, meinte Cody, war längst erledigt. Schließlich war Aaron ein Genie. Und Genies kapierten nun mal alles.

»Siehst du ihn?«, meldete sich Aarons Stimme wieder im Handy.

»Auf dem GPS?«, entgegnete Cody, nur, um ihn zu necken.

»Wo denn sonst?« Aaron schnaufte ärgerlich. »Was deinen Test betrifft – Fehlanzeige. Mansfield hat nichts für dich angeleiert. Er lässt dir ausrichten, du sollst dich aufs Beobachten beschränken. Keine eigenständigen Aktionen. Und sofortigen Bericht per Handy, wenn es was Neues gibt.«

Cody hatte sich unterdessen vorgebeugt. Auf dem GPS-Bildschirm sah er ein kleines Rechteck, das mit einem roten Pfeil markiert war und wie ein Käfer durch die exakt gezeichneten Straßenzüge des Industriegebiets krabbelte.

Aaron hatte dieses System selbst entwickelt. Damit hatte er seine genialen Fähigkeiten unter Beweis gestellt. BEST war eine Abkürzung und bedeutete »Bird's Eye Search and Trace«. Das hieß ganz einfach »Suchen und Aufspüren aus der Vogelperspektive«.

Das Programm beruhte auf GPS, dem über Satelliten gesteuerten »Global Positioning System«. Doch BEST ging weit darüber hinaus. Aaron hatte sein Programm mit einer ganzen Reihe von Raffinessen gespickt. Damit hatte er bereits einen wertvollen

Beitrag zum Forschungsprogramm des CIA-Instituts in Hackensack geleistet. Seinen Ruf als begnadeter Überflieger hatte er auf diese Weise im Geheimdienst für alle Zeiten zementiert.

Eine der Fähigkeiten von BEST war es, einmal geortete Fahrzeuge oder sonstige Objekte auf dem Bildschirm zu markieren. Das bedeutete, dass die markierten Objekte nicht mehr aus den Augen verloren werden konnten.

Schon bei der ersten Begegnung mit den Halunken des schwarzen Kraken hatte Aarons Supersystem eine wichtige Rolle gespielt. Inzwischen hatte er das Ortungsprogramm weiter verfeinert. So konnte er neuerdings auch Personen erfassen, markieren und lückenlos überwachen.

»In Ordnung«, sagte Cody. »Ich mache alles so, wie es verlangt wird.«

Aaron lachte leise. »Na, das wäre wohl das erste Mal.«

Cody ging nicht darauf ein. »Wo ist Danielle?«

»Warum musst du das schon wieder wissen?« Aaron hörte sich noch mürrischer an als zuvor.

»Pures Interesse«, antwortete Cody. »Ist mein gutes Recht, oder?«

»Nicht während der Dienstzeit«, konterte Aaron bissig. »Persönliche Beziehungen sind Privatsache. Damit kannst du dich nach Feierabend befassen. Klar?«

Cody wollte etwas erwidern, doch dazu kam er nicht. Aus dem kleinen Lautsprecher des Handys war plötzlich ein Rumpeln und ein Krachen zu hören.

»Jetzt reicht es«, meldete sich Danielle energisch zu Wort. »Cody? Bist du da?«

»Bin ich«, bestätigte Cody. »Was ist denn da los?«

»Dein Ebenbild spinnt.«

»Hab ich auch schon gemerkt. Was hast du mit ihm gemacht? Ihn geärgert, beleidigt, genervt?«

Protestgeheul war aus dem Hintergrund zu hören. Aaron schimpfte wie ein Rohrspatz.

»Gar nichts habe ich getan«, erwiderte Danielle. »Aber jetzt wurde es mir zu bunt. Da habe ich ihm das Mobilteil einfach weggenommen. Warte mal, ich gehe mal eben raus.«

Aarons Gezeter verklang und hörte dann ganz auf. Man hörte das Schließen einer Tür. Danielle hatte ihn ausgetrickst: Seine diversen Rechner und die ganze Computerbude konnte Aaron nie und nimmer allein lassen. Dazu musste er erst alles herunterfahren und das tat er normalerweise erst am späten Abend.

»Da bin ich wieder«, meldete sich Danielle fröhlich. »Ich hab alles mitgekriegt. Ich schätze, du kannst Verstärkung gut gebrauchen.«

»Kommt nicht infrage!«, rief Cody erregt, denn es war ihm sofort klar, was sie damit sagen wollte. »Das ist zu gefährlich, hörst du?«

»Ich denke, du hast die Typen abgeschüttelt.«

»Das ist richtig. Aber sie können mich jederzeit wieder finden. Und was dann?«

»Jetzt ist Schluss!«, erklärte Danielle energisch.

»Was?«, rief Cody wütend.

»Wir haben keine Zeit mehr für Diskussionen«, stellte Danielle klar. »In einer Stunde an der Hanley-Kreuzung. Ende der Debatte. Punkt.«

»Danielle!«, protestierte Cody. »Das ist viel zu gefährlich für dich! Ich werde mit Mr Mansfield ...« Er unterbrach sich.

Sie hatte bereits aufgelegt.

AARONS GEHEIMNIS

Danielle brachte Aaron das Mobilteil zurück. In seiner Computerbude, einem mit Technik vollgestopften Büroraum, summte und brummte es. Letztes Jahr hatte sich Aarons Hightech-Bunker noch in einem Kellerraum befunden. Doch inzwischen hatte sich einiges verändert im Breckenridge Mansion. Während nebenan auf dem Grundstück ein Erweiterungsbau wuchs, war Aaron in den ersten Stock umgezogen.

Dank der Klimaanlage war die Luft einigermaßen erträglich. Doch statt den Ausblick zu genießen, hatte Aaron die Jalousie heruntergelassen. Kein Tageslicht fiel herein. Die Leuchtstoffröhren tauchten den Raum in kalte Helligkeit.

Aaron drehte sich nicht um, als Danielle eintrat. Weit zurückgelehnt saß er auf seinem Schreibtischstuhl, die Arme ausgestreckt, die Hände neben Tastatur und Maus. Der große Flachbildschirm zeigte in gestochener Schärfe eine Gesamtaufnahme des Industriegebiets, aus dem Cody sich gemeldet hatte.

Danielle legte das Telefon auf Aarons Schreibtisch, setzte sich rittlings auf den zweiten Stuhl und sah ihn nachdenklich von der Seite an.

»Warum bist du so komisch?«, fragte sie rundheraus.

»Was bin ich?« Er drehte sich nicht einmal zu ihr um.

»Komisch«, wiederholte Danielle.

»Quatsch«, knurrte Aaron. »Ich bin wie ich bin. Unverändert.«

»Du merkst es nicht, was?«

»Keine Ahnung, wovon du redest.«

»Davon, wie du Cody vorhin behandelt hast. Das war schon ganz schön heftig. Hat er dir irgendwas getan, dass du ihn so abfertigen musstest?«

Aaron drehte sich noch immer nicht um. Sein Blick war immer noch auf den Bildschirm gerichtet, als würde er davon einfach nicht loskommen.

»Das war dienstlich«, antwortete er unwirsch. »Da klingt nicht immer alles nur höflich und freundlich. Auf die Sache kommt es an. Und darauf, dass ein Einsatz perfekt abgewickelt wird.«

»Jetzt hör aber mal zu«, begehrte Danielle auf. »Wenn du mit mir dienstlich so reden würdest, wie du es vorhin mit Cody getan hast, dann würde ich dir was anderes erzählen.«

»Ach was!« Aaron schwenkte seinen Stuhl um neunzig Grad

und sah sie zum ersten Mal wieder an. »Willst du jetzt auch so tun, als ob du meine Vorgesetzte bist?«

Danielle blickte Hilfe suchend zur Zimmerdecke. »Du merkst es wirklich nicht mehr«, stellte sie resignierend fest. »Was, in aller Welt, hast du gegen Cody? Als wir uns kennengelernt haben, damals im Schwimmbad, waren wir anschließend die besten Freunde. So ganz nebenbei hat er uns beide damals vor diesen Schlägertypen gerettet.«

»Dafür bin ich ihm dankbar bis ans Ende unserer Tage.«

»Meine Güte!«, stieß Danielle hervor. »Musst du darüber jetzt auch noch spotten?«

»Nein, ich meine immer alles so, wie ich es sage.« Aaron faltete die Hände über der Gürtelschließe seiner Jeans. Seine Augen verschleierten sich und seine Stimme nahm einen traurigen Klang an. »Das müsstest du doch wissen, Danielle. Wir kennen uns doch lange genug, oder? Denk mal nach. Wir kennen uns länger, als du und ich Cody kennen.«

Danielle runzelte die Stirn. »Was soll das denn jetzt?«

»Gar nichts. Ich sage nur, was Sache ist. Und was das betrifft, müssen wir beide zur Kenntnis nehmen, dass Cody sozusagen ein Seiteneinsteiger ist. Wohlwollend ausgedrückt.«

»Sag mal, du bist doch nicht etwa eifersüchtig?«

»Eifersüchtig?« Aaron lachte gekünstelt. »Auf wen oder was sollte ich denn eifersüchtig sein?«

»Auf Cody natürlich. Das hast du doch gerade zugegeben. Du gönnst es ihm anscheinend nicht, dass er als Seiteneinsteiger bei uns im Institut erfolgreich ist. Oder …« Sie unterbrach sich, hielt sich die Hand vor den Mund und sah ihr Gegenüber ungläubig an. »Bist du etwa *meinetwegen* eifersüchtig?«

»Deinetwegen?« Aaron tippte sich an die Stirn. »Jetzt redest du Schrott, Baby.«

»Du müsstest dich mal hören«, entgegnete Danielle böse. »Solche dämlichen Sprüche ist man normalerweise nicht von einem Genie gewohnt.«

»Ich halte mich an die Tatsachen«, sagte Aaron pikiert. »Und die sehen nun mal so aus, dass du bis über beide Ohren in Cody verknallt bist. Von Anfang an. Daran hat sich nichts geändert.«

»Im Gegenteil«, antwortete Danielle spitz. »Ich bin nicht nur das, was du ›in Cody verknallt‹ nennst. Ich liebe ihn. Und das beruht auf Gegenseitigkeit. Da kannst du machen, was du willst.«

»Ob mir das wohl egal ist?« Aaron verzog unwillig das Gesicht. »Ich habe das alles längst mitgekriegt. So blöd bin ich ja nun wirklich nicht. Aber vielleicht solltet ihr beide mal darüber nachdenken, ob es richtig ist, wenn man dienstlich zusammenarbeitet und zugleich eine private Beziehung hat.«

Danielle sprang auf. »Jetzt reicht es!«, schrie sie. Sie rannte hinaus und knallte die Tür hinter sich zu.

Aaron verstand die Welt nicht mehr. Wie erschlafft saß er auf seinem Schreibtischstuhl und starrte den Bildschirm an.

Einen Moment lang spielte er mit dem Gedanken, das Programm zu beenden und Cody und Danielle sich selbst zu überlassen. Sich einfach um nichts mehr kümmern müssen, das war es doch. Sollten die beiden doch sehen, wie sie klarkamen!

Doch sofort meldete sich seine innere Stimme.

Menschenskind, Aaron, so gemein bist du doch nicht wirklich! So was Fieses könntest du doch gar nicht tun.

»Stimmt«, ächzte er.

Tiefe Ratlosigkeit legte sich wie ein Tonnengewicht auf ihn. Sein Kopf fühlte sich an wie leergebrannt. Er hatte keine Ahnung, was er machen sollte.

Okay, Cody und Danielle zu unterstützen erledigte sich praktisch von selbst. Das Programm übernahm die meiste Arbeit, er brauchte es nur noch ein bisschen zu überwachen.

Aber was ihn selbst betraf, fiel ihm absolut nichts ein.

Wo waren die Ideen geblieben, die er sonst immer hatte? Wo war seine Genialität? Wo seine überragenden Leistungen als Hochbegabter, die ihm erst den Zugang zum CIA-Institut ermöglicht hatten?

Das hast du jetzt davon, dachte er niedergeschmettert.

Warum hatte er Cody auch schlecht machen müssen? Abergläubisch war er, Aaron, zwar nicht, aber bestimmt brachte es kein Glück, wenn man über andere Leute lästerte. Erst einmal sollte man sich an die eigene Nase fassen, erst einmal sollte man seine eigenen Leistungen verbessern, bevor man andere kritisierte.

Diesen Grundsatz hatten ihm seine Eltern mit auf den Weg gegeben und damit war er immer bestens gefahren.

Trotzdem gab es eine Menge Leute, die diesen Grundsatz nicht zu kennen schienen. Auch während seiner Schulzeit und seines Studiums der Informationstechnologie, kurz IT genannt, hatte Aaron es oft genug erlebt. Meist war er selbst das Zielobjekt der Neidhammel gewesen, die versucht hatten, ihn wegen seiner besseren Leistungen herunterzuziehen.

Natürlich hatten sie ihn beneidet. Danielle und all den anderen Hochbegabten war es ja ähnlich ergangen. Sie hatten High School und Studium in einem Alter abgeschlossen, in dem andere gerade mal ihren Schulabschluss machten.

Doch das änderte alles nichts daran, dass er, Aaron, zum ersten Mal in seinem Leben mit seinem Latein am Ende war. So kam es ihm jedenfalls vor.

Mit seinem analytischen und messerscharfen Verstand hatte er sonst immer einen Ausweg gewusst. Doch diesmal wusste er nicht einmal genau, was das Problem war.

Er versuchte, sich zu konzentrieren.

Er war komisch, sagte Danielle.

Hm. Vielleicht hatte er einfach nur schlechte Laune. Konnte ja sein. So was kam schließlich in den besten Familien vor.

Aber *warum* hatte er schlechte Laune, verdammt noch mal?

Seine innere Stimme kam ihm wieder zu Hilfe – indem sie ihm den ersten klaren Gedanken seit Langem schickte.

Es war Codys Anruf, Mann! Der hat deine miese Stimmung ausgelöst. Gib es doch einfach zu. Danielle hat recht. Du bist neidisch auf Cody. Er macht diesen Lockvogel-Einsatz und prompt hat er wieder Erfolg. Wenn es ihm dann noch gelingt, die Krakenkerle einzusacken, erntet er bei den Vorgesetzten wieder alle Lorbeeren.

Aaron seufzte tief. So war es leider. Was *er* machte, wurde als selbstverständlich angesehen. Dabei war es die eigentliche Arbeit, die wichtigste von allen. Aber weil es so gut funktionierte, nahm niemand mehr davon Notiz.

Er tippte ein paar Tastenkombinationen. Damit vergrößerte er den Bildausschnitt, sodass am rechten unteren Rand Breckenridge Mansion zu sehen war.

Danielle war gut zu erkennen, wie sie das Institutsgelände verließ. Sie trug einen hellblauen Windbreaker. Aaron markierte sie mit einem grünen Pfeil.

Cody war noch im Industriegebiet unterwegs. Ebenso der schwarze Geländewagen. Cody trug eine dunkelgraue Jacke. Da ergab der gelbe Pfeil, den Aaron ihm verpasste, einen guten Kontrast.

Mit ein paar weiteren Tasten sorgte Aaron dafür, dass Cody und Danielle sich auf ihren GPS-Bildschirmen gegenseitig sehen konnten.

Er war wie eine Mutter zu ihnen. Und wie dankten sie es ihm?

Sie waren ein Paar – das war der Dank.

Das Schlimmste für ihn war, wenn sie diese verliebten Blicke wechselten. Dann wurde ihm richtig elend. Wenn er ehrlich zu sich selbst war, musste er zugeben, dass genau dies der Punkt war, der Kern seines Problems.

Cody und Danielle liebten sich und er konnte es nicht ertragen.

Danielle hatte es erfasst. Er, Aaron, war so eifersüchtig auf die beiden, wie man nur eifersüchtig sein konnte.

Erstens kannte er, Aaron, die schwarzhaarige Schönheit viel länger. Er hatte also die älteren Rechte.

Zweitens gab es zwischen ihm und Cody überhaupt keinen Unterschied – jedenfalls äußerlich nicht. Nicht umsonst wurden sie für Zwillinge gehalten, wenn man sie gemeinsam sah.

Cody aber war gewissermaßen neu dazugekommen. Weshalb also nahm Danielle nicht das Original, sondern die Kopie? Was hatte Cody, die Kopie, das er, das Original, nicht hatte?

Jetzt kommst du auf den Punkt, sagte seine innere Stimme.

In der Tat. Danielle hatte Cody nur einmal gesehen, im Schwimmbad, und schon war sie in ihn verknallt gewesen.

Aaron atmete tief durch. Jetzt, da er sich die Szene noch einmal vor Augen führte, wurde ihm erneut klar, was er im Grunde schon lange wusste. Er war gemeinsam mit Danielle im Schwimmbad gewesen, als die drei Kerle sie belästigt hatten. Er aber war nicht in der Lage gewesen, seine Begleiterin zu beschützen.

Das hatte Cody getan, und zwar mit links. Äußerlich total cool, hatte er die drei Typen kaltgestellt und der Polizei übergeben. Klar, dass das für Cody eine seiner leichtesten Übungen gewesen war. Immerhin war er durch und durch sportlich, ein richtiger Superathlet und ein überragender Kämpfer. Deshalb hatten sie ihn ja auch ins CIA-Institut aufgenommen.

Danielle war ebenfalls ein sportlicher Typ. Sie spielte Tennis und nahm am Leichtathletikprogramm des Instituts teil. Ihre Doktorarbeit war kurz vor dem Abschluss, dabei war sie noch ein Teenager.

Unterm Strich aber schien sie körperliche Fitness für wichtiger zu halten als geistige Leistungsfähigkeit. Zumindest, was ihren Freund betraf.

Damit war Aaron wieder bei dem schon bekannten Ergebnis.

Dass er wie Cody aussah, würde ihm nur dann etwas nützen, wenn er die gleiche körperliche Fitness hatte. Neben den Fähigkeiten, die er ohnehin schon hatte, musste er, Aaron, genauso topfit werden wie sein Ebenbild.

Zu diesem Ergebnis kam er immer wieder. Jedes Mal, wenn ihn die Niedergeschlagenheit befiel und sein Kopf wie ausgehöhlt war, endeten die zähflüssigen Gedanken regelmäßig in derselben Erkenntnis.

Er öffnete die Tür zum Nebenzimmer, in dem eigentlich sein Archiv untergebracht war. Er hatte es umgeräumt und ein paar neue Sachen untergebracht.

Das hatte er immer dann getan, wenn er ungestört gewesen war – zu Zeiten also, während derer er gewusst hatte, dass Danielle und Cody im Schwimmbad, in der Disco oder im Kino gewesen waren.

Er nahm ein Paar Hanteln aus der Kiste und begann mit seinem Trainingsprogramm.

DER KARATE-TRUCKER

Cody hatte sich auf seinen Roadracer geschwungen und das Industriegebiet verlassen, ohne dass ihm jemand in die Quere gekommen war.

Das Ortungsprogramm war eine feine Sache. Auf dem kleinen GPS-Bildschirm konnte er den roten Pfeil mit dem Kraken-Jeep gut erkennen. Die Verfolger suchten immer noch das Straßengewirr zwischen den Firmengebäuden ab.

Sich selbst, mit dem gelben Pfeil, sah Cody inzwischen am oberen Bildrand des kleinen Displays.

Windschnittig über den Lenker gebeugt, jagte er nach Norden, auf die Hanley-Kreuzung zu.

Das GPS-Bild wanderte aufwärts, und nach und nach verschwand das Industriegebiet aus dem farbigen Anzeigefeld.

Die Kreuzung, an der er sich mit Danielle verabredet hatte, war nach einer Farm benannt, die einmal dort gestanden und einer Familie Hanley gehört hatte.

Inzwischen war dort nichts mehr, nur noch freies Gelände, hügelig und mit Buschwerk und kleinen Wäldern bewachsen. Ein neuer Highway sollte dort einmal gebaut werden. Aber das konnte noch Jahre dauern.

Es herrschte wenig Verkehr. Nur gelegentlich kamen Cody Autos entgegen. Seltener wurde er überholt. Es war eine menschenleere Gegend.

Nach einer Kurve tauchte ein halb verwittertes Hinweisschild am rechten Straßenrand auf. »Morgan, Mitchell & Co. – 500 Yard« war darauf zu lesen. Ein Pfeil unter der Schrift zeigte nach rechts.

Die Firma baute Sand ab, hatte aber ihre besseren Zeiten schon hinter sich. Cody wusste es von ein paar Angestellten, die dort arbeiteten und in ihrer Freizeit in seinem Kampfsportclub mitmachten. Die riesigen Gruben, aus denen Sand für Bauvorhaben gewonnen wurde, waren weitgehend ausgebeutet. Nur kleinere Mengen wurden noch abtransportiert.

Das Sandabbau-Gelände erschien in der rechten oberen Ecke des GPS-Displays. Ein paar Trucks waren zu sehen, wie sie in den Gruben und auf den Verbindungswegen umherfuhren.

Hinter der nächsten Biegung der Straße musste sich bereits die Abzweigung zum Betriebsgelände befinden. Cody ahnte nicht, dass das für ihn noch wichtig werden sollte.

Während ihm der Fahrtwind um die Ohren wehte, blickte er abwechselnd nach vorn und auf das GPS-Gerät. Im nächsten Moment erschrak er.

Am unteren Bildrand tauchte ein kleines Rechteck mit einem roten Pfeil auf. Der Jeep des Schwarzen Kraken!

Cody zwang sich, ruhig zu bleiben. Die Entfernung nach dem Maßstab des GPS-Displays betrug etwa zwei Meilen. Viel Zeit blieb also nicht.

Ein Gedanke durchzuckte ihn. Vielleicht schaffte er es, die Kreuzung rechtzeitig zu erreichen, um seinen Verfolger darüber hinwegzulocken, bevor Danielle dort eintraf.

Er hatte den Gedanken kaum zu Ende geführt, als er erneut erschrak.

Am oberen Rand des GPS-Displays erschien die Hanley-Kreuzung. Und auf der von rechts heranführenden Straße bewegte sich eine Radfahrerin mit hellblauem Windbreaker auf die Kreuzung zu. Die Jacke war mit einem grünen Pfeil markiert.

»Danielle!«, schrie Cody entsetzt. Sie war höchstens noch eine halbe Meile von der Kreuzung entfernt. Er konnte es auf keinen Fall schaffen, vor ihr dort zu sein. Wenn er den Jeep nicht stoppte, würde Danielle den Kerlen in die Klauen fallen.

Erneut zwang er sich zur Ruhe. Was er brauchte, war vor allem ein klarer Kopf. Wenn er nervös und zappelig wurde, würde er unweigerlich Fehler machen.

Er nahm die Kurve mit unvermindertem Tempo. Als er die Einfahrt zu den Sandgruben vor sich sah, schoss ihm eine Idee in den Kopf.

Die rettende Idee?

Dafür gab es keine Garantie. Aber er musste es versuchen.

Ohne weiter zu überlegen, raste er in die Einfahrt. Die Asphaltfahrbahn war brüchig. Das Tor stand offen. Es war rostig und hing schief in den Angeln.

Gleich hinter dem Tor befanden sich die Büros. In den verwitterten Bretterbaracken schien sich jedoch zurzeit niemand aufzuhalten. Die Fensterscheiben waren von Staub bedeckt.

Cody kämpfte gegen das aufkeimende Gefühl der Entmutigung an. Verdammt, hatte das GPS denn nicht Trucks gezeigt?

Die Bretterbuden standen in einer kleineren Grube, die schon teilweise wieder mit Gras und Buschwerk zugewachsen war. Die Fahrbahn führte geradeaus hindurch und mündete in einen Hohlweg, der sich nach etwa zwanzig Yard in eine zweite, riesengroße Sandgrube öffnete.

Cody atmete auf. Weit hinten, am anderen Ende der Grube, stand ein Truck unter einer Ladeanlage. Aus einem trichterartigen Container rutschte Sand auf die Kippladefläche.

Die Grube war mindestens so groß wie zwei Footballfelder. Als Cody etwa die Mitte erreicht hatte, ließ der Fahrer drüben den Motor des Kippers an. Der Diesel nagelte laut. Mit seiner Tonnenlast setzte sich das schwere Fahrzeug langsam in Bewegung.

Cody beugte sich über den Lenker und bretterte weiter.

Er hätte einen Freudenschrei ausstoßen können, als er den Mann im Fahrerhaus des Trucks erkannte.

Es war Jasper Mills, einer seiner Freunde aus dem Karateclub.

Rechtzeitig vor dem herannahenden Sandtransporter stieg Cody in die Bremse, brachte seinen Roadracer zum Stehen und winkte mit hochgerecktem Arm. Er atmete auf, als er sah, dass Jasper reagierte.

Der Truck war ein riesiger alter Kenworth, ein so genannter Hauber. So hießen diese mörderischen Kisten, wenn sie eine lange Motorhaube vor dem Fahrerhaus hatten, im Gegensatz zu denen mit der platten Schnauze.

Die Druckluftbremse fauchte und schnaufte, als Jasper sein

Geschütz zum Stehen brachte. Cody war bereits an die Fahrerseite des Kenworth gerollt.

»Hi, Cody«, rief der Karatekumpel, als er sich aus dem offenen Fenster beugte. »Wo brennt's?« Er trug eine dunkelblaue Baseballkappe mit dem Logo der New York Yankees. Darunter lugte sein schwarzes Haar hervor. Ein weißes T-Shirt spannte sich über seine mächtigen Muskelpakete.

Cody deutete mit dem Daumen nach hinten, über seine Schulter. »Auf der Straße«, antwortete er. »Kein Feuer, aber eine verdammt brenzlige Situation.« In knappen Worten schilderte Cody die Lage, und ebenso rasch erklärte er, welchen Gefallen Jasper ihm tun konnte.

Der Freund aus dem Karateclub überlegte nicht lange. Sofort ließ er den Zehntonner anrollen und knüppelte die Gänge hoch, indem er alles aus der Dieselmaschine herausholte.

Schwerfällig nahm das Riesengerät Fahrt auf. Doch als es erst einmal rollte, hatte Cody durchaus Mühe, mitzuhalten.

Der Kenworth näherte sich dem Tor.

Cody blieb hinter ihm und warf einen Blick auf das GPS-Gerät. Er hätte jubeln können.

Der rote Pfeil war noch hundert Yard entfernt.

Jasper nahm Gas weg. Er bog ein Stück nach rechts ein und brachte den Truck quer auf der Straße zum Stehen. Beide Fahrspuren waren blockiert. Nur die Seitenstreifen waren noch frei. Rechts grenzte daran der hohe Maschendrahtzaun des Firmengeländes, links folgte unmittelbar die freie Landschaft.

Zum Glück herrschte kein Verkehr. Der Kraken-Jeep war das einzige Auto, das sich näherte. Cody sah es noch nicht und blieb einen Moment neben dem Fahrerhaus stehen.

»Danke, Jas!«, rief er. »Ich bin dann mal weg.«

»Schon in Ordnung, Cody«, erwiderte Jas heiter. »Sehen wir uns morgen beim Training?«

»Na klar«, antwortete Cody und fuhr los.

Sofort trat er mit aller Kraft in die Pedale und schaltete die Gänge durch.

Nachdem er etwa zwanzig Yard zurückgelegt hatte, drehte er sich noch einmal um. Im selben Augenblick sträubten sich ihm die Nackenhaare.

Jasper Mills war ausgestiegen, umrundete gemächlich die Motorhaube und trug ein Warndreieck in die Richtung, in der Cody unterwegs war. Die Seitenteile der Haube hatte er bereits geöffnet, sodass der Dieselmotor freilag. Doch das war es nicht, was Cody erschrecken ließ.

Ein Mann tauchte auf dem Seitenstreifen vor der Motorhaube auf und lief auf den Freund zu. Das allein wäre auch noch nicht beängstigend gewesen. Doch überdeutlich sah Cody, was der Kerl in der rechten Hand hielt.

Eine Pistole!

Ein klobiges schwarzes Ding. Wenn es entsichert war und der Mann seinen Zeigefinger nicht unter Kontrolle hatte, konnte es jeden Moment tödliches Blei spucken.

Cody bremste abrupt. Er stellte den Lenker quer und legte

eine 180-Grad-Wende hin, die jeden Fahrradartisten vor Neid hätte erblassen lassen.

Der Hinterreifen zeichnete einen schwarzen Halbkreis auf den Fahrbahnbelag.

Sofort startete er durch.

In die Gegenrichtung.

Der Kerl aus dem Jeep beschleunigte seine Schritte. Er trug eine schwarze Kampfhose, schwarze Springerstiefel und eine hellgraue Jacke mit einer feuerroten Stickerei auf der rechten Brusthälfte.

Jasper hatte Codys Wendemanöver bemerkt. Er ließ das Warndreieck fallen und wirbelte herum.

Der Bewaffnete war nur noch dreißig Yard von ihm entfernt.

»Hände hoch!«, brüllte er und riss die Pistole hoch. »Hände hoch und keine Bewegung! Sonst knallt's!«

Jasper gehorchte, obwohl es ihm höllisch schwerfiel. Am liebsten hätte er den Mistkerl auseinandergenommen. Das sah Cody daran, wie seine Muskeln unter dem T-Shirt spielten.

Der Jeep stand noch auf der anderen Seite des Trucks. Der Rest der Insassen ließ sich nicht blicken. Keine Chance also, festzustellen, wie viele es noch waren.

Mit Todesverachtung – im wahrsten Sinne des Wortes – hielt Cody auf den Mann mit der Pistole zu.

»Hier bin ich!«, schrie er. »Ich bin es doch, den ihr sucht!«

Noch während der letzten Worte legte Cody den Roadracer in

einen wilden Slalomkurs. Die Reifen kreischten auf der Straßendecke. Abrupt änderte Cody die Richtung, nach jeweils drei oder vier Yard. Mit seinem Hakenschlagen auf zwei Rädern überbot er jeden Hasen an Schnelligkeit. Und er duckte sich.

Der Krakenkerl feuerte sofort.

Die Pistole ruckte in seiner Faust. Grellrote Blitze zuckten aus der Mündung.

Cody duckte sich tief. Jeden Moment rechnete er mit dem harten Schlag einer Kugel. Doch andererseits wusste er, dass er wenig gefährdet war, solange er in dieser rasanten Bewegung blieb.

Von seinem Vater hatte er alles über die Wirkung von Waffen erfahren. Für jemanden, der so ein Schießeisen bediente, war es das allerschwerste, ein Ziel zu treffen, das nicht stillhielt, sondern herumschwänzelte, wie er, Cody, es gerade tat.

Das Geschehen überschlug sich.

Vor der hochgeklappten Motorhaube des Kenworth erschien der Jeep. Nur der Fahrer war auszumachen. Der schwarze Geländewagen tat das, wofür er eigentlich gebaut worden war. Er fuhr ins Gelände. Über den Seitenstreifen hinaus rollte er die Böschung hinab und walzte die angrenzenden Büsche platt.

Cody hatte keine Zeit, genauer hinzusehen. Er kam dem Pistolenmann immer näher und die Kugeln flogen ihm nach wie vor um die Ohren.

Verzweifelt überlegte er, was er als Nächstes tun sollte.

Doch sein Freund Jasper stand nicht einfach nur da. In einer seiner rasanten Kehrtwenden sah Cody, wie der Karatekumpel durchstartete.

Der Krakenkerl schaffte es, noch eine Kugel aus dem Lauf zu jagen.

Cody spürte den sengenden Luftzug, als er sich in die nächste Kurve legte.

Doch dann war Schluss.

Denn Jasper war zur Stelle, ohne dass der Schießer es überhaupt mitkriegte.

Doch dann – im letzten Moment – schien der Kerl ein Geräusch zu hören. Er wollte herumfahren. Aber da war es schon zu spät.

Jaspers Handkante sauste herab wie ein Hartholzbrett und traf das rechte Handgelenk des Kerls.

Schlagartig sackte sein Arm kraftlos nach unten und die Pistole rutschte ihm aus den erschlafften Fingern. Dabei drückte das Eigengewicht der Waffe den Abzug noch einmal durch, und ein letzter Schuss löste sich krachend.

Die Kugel fuhr in den Asphalt. Schon knapp über dem Boden hüpfte die Pistole durch den Druck des eigenen Mündungsfeuers in hohem Bogen davon.

Mit einem zweiten Handkantenhieb schickte Jasper den Mann hinterher, bevor dieser auch nur den Hauch einer Chance hatte, zum Gegenangriff überzugehen.

Cody brachte sein Fahrrad zum Stehen. Unmittelbar vor ihm blieb der Pistolenschütze liegen und rührte sich nicht mehr.

Jasper kam herbeigelaufen. Beide starrten sie auf den Bewusstlosen hinab.

Die rote Stickerei auf der linken Brustseite der grauen Jacke stellte ein Meerestier dar.

Einen Kraken.

»Ein Octopus«, sagte Jasper kopfschüttelnd. »Wie kann man sich bloß so ein glitschiges Viech auf die Jacke malen?«

»Erklär ich dir später«, erwiderte Cody und zeigte auf die gegenüberliegende Straßenseite.

Dort erschienen Motorhaube und Kühlergrill des Jeeps wie ein breites Raubtiermaul.

»Verdammt!«, fluchte Jasper. »Was sind das bloß für nervtötende Leute?«

Cody kam zu keiner Antwort, denn etwas anderes bewegte sich von rechts her auf ihn und Jasper zu.

Cody hatte das Gefühl, ihm würde das Blut in den Adern gefrieren.

Es war Danielle, die da angefahren kam. Mit einem Affenzahn.

»Hau ab!«, schrie Cody. »Danielle, hau einfach ab!«

Sie winkte Jasper zu, den sie schon öfter gemeinsam mit Cody getroffen hatte. Dann warf sie einen Blick auf den Jeep, der die Böschung heraufgekrochen kam – und fuhr weiter.

Ihre Miene spiegelte totale Selbstsicherheit. Sie sah aus wie jemand, der nur eine Sekunde gebraucht hatte, um den vollen Überblick zu haben.

Fassungslos sah Cody, wie sie links an dem Truck vorbeifuhr. Ihr Fahrrad hoppelte über den Seitenstreifen und dann verschwand sie auf der anderen Seite des Kenworth.

Cody spürte Jaspers Hand auf seiner Schulter.

»Angriff ist die beste Verteidigung«, sagte der Karatefreund. Er zeigte auf den Jeep, dessen Schnauze noch himmelwärts gerichtet war.

Cody wusste, was sein Freund meinte. Solange die Blickrichtung der Kerle im Geländewagen fünfundvierzig Grad aufwärts war, kriegten sie nicht viel mit. Sie sahen den Himmel, blau und mit Wolken durchsetzt. Was zu ebener Erde lief, konnten sie noch nicht erkennen. Auch ihren bewusstlosen Komplizen hatten sie wahrscheinlich noch nicht gesehen.

Cody schnappte sich die Pistole, die auf der Straße lag, sicherte sie und schleuderte sie in hohem Bogen auf die andere Seite des Zauns. So würde die Polizei die Waffe wiederfinden, später, wenn danach gesucht wurde. Es war eine Glock 19, klobig und nicht besonders schwer. Viele Teile der in Österreich gefertigten Waffe bestanden aus Kunststoff, deshalb war sie so beliebt, auch und gerade in den Vereinigten Staaten.

Cody kreiselte herum und sprintete los. Jasper hatte schon die halbe Strecke zurückgelegt. Er war nur noch wenige Schritte von dem Jeep entfernt, schwenkte nach rechts und rannte auf die Fahrerseite des Wagens zu.

Cody gelang es, aufzuschließen. Sein Freund hatte nur noch zwei Yard Vorsprung.

Die aufwärts gerichtete Kühlerhaube des Geländewagens hob sich noch ein Stück weiter an, doch jeden Moment konnte der Scheitelpunkt erreicht sein. Dann würde die ganze Kiste waagerecht stehen und die Insassen bekamen schlagartig den totalen Überblick.

Geduckt rannte Jasper an der Fahrertür vorbei. Im nächsten Moment erreichte er die dahinterliegende Hecktür und riss sie auf. Cody war im selben Augenblick zur Stelle und folgte dem Beispiel seines Freunds, indem er die Fahrertür aufriss.

Der Jeep kippte nach vorn.

Die Typen im Wagen hatten keine Zeit, sich an den Überblick zu erfreuen. Alle trugen die gleichen Klamotten wie der, den Jasper auf den Asphalt gelegt hatte. Und alle waren viel zu überrascht, um schnell genug auf den Blitzangriff zu reagieren.

Während Jasper seinen Mann von der hinteren Sitzbank zog, packte Cody den Fahrer am Kragen und beförderte ihn mit Schwung ins Freie. Cody sah noch, dass ein weiterer Kerl hinten rechts saß. Beim nächsten Hinsehen war der Mann verschwunden.

Ein Problem. Cody ahnte es. Doch er hatte keine Zeit, sich darum zu kümmern. Sein Gegner, der Fahrer, verlangte volle Aufmerksamkeit.

Er war auf dem Hintern gelandet, ein untersetzter Mann mit kurz geschorenem blondem Stoppelhaar. Nun versuchte er mit aller Kraft, auf die Beine zu kommen.

Ein Stück weiter links war Jasper damit beschäftigt, dem Kerl von der hinteren Sitzbank den Marsch zu blasen. Der Bursche war schlank und schnell und geschickt, doch Jasper war es auch und er brachte ein paar Kilo Muskelmasse mehr mit.

Nach jedem Hieb wankte sein Gegner weiter rückwärts, und es fiel ihm immer schwerer, sich auf den Beinen zu halten.

Unvermittelt griff der Mann in seiner Jacke und brachte eine Pistole zum Vorschein. Da sah Jasper endgültig rot.

Bevor der andere die Waffe in Anschlag bringen konnte, warf Jasper sich mit einem Riesensatz auf ihn. Ein einziger Handkantenhieb genügte, um dem Kerl die Pistole wegzufegen.

Sein Schmerzensschrei brach schon im nächsten Moment ab, als Jasper ihm eine knochentrockene Gerade, gekoppelt mit einem Aufwärtshaken, verpasste. Ohne noch einen Laut von sich zu geben, sank der Mann ins Gebüsch, streckte sich und rührte sich nicht mehr.

Jasper sammelte die Pistole ein und überzeugte sich, dass sie gesichert war. Dann schob er sie unter seinen Hosenbund.

Unterdessen ließ Cody den Stoppelhaarigen auf die Beine kommen.

»Bilde dir bloß nichts ein, Bürschchen!«, fauchte der Mann mit dem Krakenzeichen auf der Brust. »Ihr habt keine Chance. Diesmal machen wir euch fertig!«

»Mit Worten?« Cody lachte.

Sein Gegenüber stieß einen Wutschrei aus. Blitzschnell breitete er die Arme aus, senkte den Kopf zum Rammstoß und ging auf Cody los. Der Mann blinzelte irritiert, als er sah, dass sein athletischer blonder Gegner keine Anstalten machte, ihm auszuweichen.

So sah es jedenfalls aus.

Selbst als er nur noch um Handspannenlänge entfernt war, stand Cody scheinbar unerschütterlich da, als wollte er den Anprall des Angreifers mit seinem Brustkasten auffangen. Erst im allerletzten Sekundenbruchteil ließ Cody sich so plötzlich absacken, dass der andere bereits einen Triumphschrei ausstieß.

Der Triumphlaut verwandelte sich in einen Schrei des Entsetzens, als er merkte, dass er ins Leere sauste, von der Fliehkraft seines Körpergewichts getrieben. Doch auch dieser Eindruck blieb nur für den Bruchteil einer Sekunde bestehen.

Noch in den Knien federnd, kam Cody wieder hoch, die Arme über dem Kopf verschränkt. Sein Aufwärtsstoß traf die Schienbeine des Mannes, noch während dieser über ihn hinwegsegelte. Aus dem waagerechten Flug wurde er in die Senkrechte gestoßen.

Kopfüber raste er dem Boden entgegen wie eine Zentnerbombe vor dem Einschlag. Er brüllte wie von Sinnen und ruderte mit den Armen.

Cody warf sich zur Seite und spürte, wie die Erde erbebte, als sein Gegner versuchte, sich selbst unangespitzt in den Grasboden zu rammen. Sein Gebrüll erstickte im dumpfen Laut des Aufpralls. Noch einmal dröhnte die Erde, als er der Länge nach hinschlug. Er blieb zwischen den Büschen liegen und streckte alle viere von sich.

Cody federte auf die Beine und sah, dass Jasper mit seinem ebenfalls bewusstlosen Gegner beschäftigt war. Aus einer Jackentasche förderte er ein Bündel aus weißen elastischen Streifen hervor.

»Sieh mal!«, rief er. »Was die mit euch vorhatten!«

Für Cody genügte ein Blick. Das waren Kabelbinder. Damit konnte man einem Menschen ruck-zuck die Handgelenke und die Fußgelenke verschnüren.

Cody ließ sich zwei von den Plastikstreifen geben und rannte damit los. Während sein Kampfsportfreund die beiden besiegten Gegner neben dem Jeep fesselte und auch die Waffe des zweiten Mannes an sich nahm, erledigte Cody den gleichen Job bei dem Kerl auf der Straße.

Der Mann stöhnte bereits, würde gleich wieder zu sich kommen. Gerade noch rechtzeitig konnte Cody ihm die Kabelbinder um die Gelenke zurren.

Im selben Augenblick gellte ein Schrei.

DANIELLE, DIE GEISEL

Ein Schuss krachte und der Schrei verstummte.

Cody stand wie erstarrt. Jasper, der die Böschung heraufgestürmt kam, prallte zurück, wie von einer unsichtbaren Wand gestoppt.

»Das war nur einen Warnschuss!«, dröhnte die Stimme eines Mannes. »Beim nächsten Mal ist die Kleine dran! Das Mädchen und ich kommen jetzt raus! Und ihr macht, was ich sage, sonst verpasse ich ihr eine Kugel!«

Cody und Jasper wechselten einen verzweifelten Blick. Sie wagten nicht, sich zu bewegen. Vorsichtshalber hoben sie die Hände. Vielleicht machte das den Mann weniger nervös.

Vor der Motorhaube des Trucks tauchte er plötzlich auf.

Mit seiner Geisel.

Danielle war kreidebleich.

Er hielt sie mit dem linken Arm umklammert. Die Hände hatte er ihr offenbar auf den Rücken gefesselt. Am schlimmsten aber war die Pistole, die er ihr rechts gegen die Schläfe presste.

Der Mann war groß und breitschultrig, gut einen halben Kopf größer als Danielle. Er hatte schulterlanges blondes Haar und ein bisschen von der Krakenkleidung war zu sehen. Das meiste verdeckte jedoch Danielle als sein Schutzschild.

Codys und Danielles Blicke trafen sich.

Stumm versuchte er ihr zu sagen, dass er alles tun würde, um sie zu retten. Sein eigenes Leben würde er ohne zu zögern aufs Spiel setzen, wenn er sie dadurch nur schützen konnte.

Aber was *konnte* er tun? Auch Danielle wusste, dass sie alle gegen die Waffe des Geiselnehmers hilflos waren. Nur ein Scharfschütze der Polizei oder des FBI hätte sie in diesem Moment retten können.

Doch die Lage war hoffnungslos.

Ausgerechnet in diesem Moment war die Straße wie ausgestorben. Und auf dem Gelände der Sandgruben rührte sich ebenfalls nichts.

Eben noch hatten sich Codys Gedanken regelrecht überschlagen. Doch auf einmal erfasste ihn eine unnatürliche innere Ruhe. Sie stellte sich ein, als er einen Entschluss fasste. Es gab nur eine einzige Möglichkeit, Danielle zu retten.

Er musste die tödliche Kugel auf sich lenken.

Ja, er war bereit, das zu tun.

Er gab sich einen inneren Ruck, wollte sich in Bewegung setzen und den Geiselnehmer herausfordern. Dann, wenn er die Pistole von Danielles Schläfe nahm, konnte sie wegrennen und sich in Sicherheit bringen. Denn dann würde ihr Peiniger längst auf ihn, Cody, feuern.

Jasper stand nur drei Schritte entfernt, und er schien zu ahnen, was sein jugendlicher Freund vorhatte.

»Cody«, sagte er so leise, dass nur der Junge es hören konnte. »Lenke ihn ab. Dann kriegt er eine Kugel von mir.«

»Nein!«, zischte Cody. »Auf keinen Fall!«

Er konnte Jasper nicht erklären, was er von seinem Vater wusste. Die Entfernung bis zu dem Geiselnehmer betrug schätzungsweise zwanzig Yard. Das galt zwar noch als normale Schussweite für Faustfeuerwaffen. Doch ein ungeübter Schütze konnte auf diese Entfernung mit einer Pistole niemals einen sicheren Treffer anbringen. Deshalb war das Risiko einer Aktion, wie Jasper sie sich vorstellte, viel zu groß.

»In die Mitte!«, schrie der Geiselnehmer. »In die Mitte der Straße mit euch!«

Der Mann war nervös, wie Cody sofort feststellte. Doch ob und auf welche Weise ihm das etwas nützen würde, vermochte er nicht vorherzusehen.

»Wir tun alles, was Sie sagen!«, rief er daher.

Mit einer Kopfbewegung forderte er Jasper auf, ihm in die Mitte des Asphaltbands zu folgen.

»Das will ich auch hoffen!«, entgegnete der Mann hinter Danielle mit schriller, vibrierender Stimme.

»Was verlangen Sie?«, fragte Cody. »Was müssen wir tun, damit Sie Danielle freilassen?«

»Eine verdammte Menge müsst ihr tun!« Der Geiselnehmer lachte gekünstelt. »Meinen Freunden die Fesseln abnehmen! Ihnen ihre Waffen zurückgeben! Damit fangen wir erst mal an, und dann sehen wir weiter.«

»Wird sofort erledigt«, antwortete Cody. »Wir halten uns genau an Ihre Anweisungen.« Er blickte an der Schulter des Mannes vorbei, die Straße hinunter. »Machen Sie sich keine Sorgen. Wir tun auf jeden Fall, was Sie sagen, auch wenn jetzt die Polizei kommt.«

Der Gangster lachte erneut, doch diesmal klang seine Stimme schrill und überschlug sich sogar. Voller falscher Heiterkeit schrie er: »Die ältesten Tricks funktionieren immer am besten, was? Das denkst du doch, stimmt's? Aber damit kommst du bei mir nicht durch!« Er kreischte. »Bei mir nicht!«

Cody sah, dass Danielle immer bleicher wurde. Lange konnte sie die nervliche Belastung nicht mehr durchhalten. Ihr Leben hing wirklich an einem seidenen Faden. Und der bestand darin, dass bei dem Mann, der sie bedrohte, jeden Moment eben jener Faden reißen konnte.

»Das ist kein Trick!«, rief Cody beschwörend. »Mein Freund und ich werden uns auf jeden Fall an Ihre Anweisungen halten!«

»Na, dann mal los!«, schrie der Geiselnehmer. »Fangt an! Zuerst befreit ihr den, der neben euch auf der Straße liegt!«

Cody und Jasper kamen nicht mehr dazu, die Anweisung des Verbrechers auszuführen.

Die Gesichtszüge des Mannes wurden starr, seine Augen schienen aus den Höhlen quellen zu wollen.

Motorengeräusch war auf einmal zu hören. Es näherte sich rasch.

Cody und Jasper hielten die Hände noch immer hoch. Sie hoben bedauernd die Schultern, um dem Geiselnehmer klarzumachen, dass er am Ende war. Gleichzeitig versuchte Cody, Danielle mit seinem Blick Zuversicht zu vermitteln. Für sie war die Gefahr noch nicht ausgestanden. Noch immer hielt der Mann die Pistole an ihre Schläfe. Wenn er durchdrehte ...

Cody mochte den Gedanken nicht zu Ende denken.

In der nächsten Sekunde ließ das Motorengeräusch nach und eine Lautsprecherstimme erscholl.

»Hier spricht die Polizei! Nehmen Sie Ihre Waffe herunter und geben Sie Ihre Geisel frei! Dann geschieht Ihnen nichts!«

Drei Streifenwagen der County Police waren auf der anderen Seite des Trucks zum Stehen gekommen.

Cody begriff: Die Polizeibeamten drohten dem Gangster bewusst nicht mit Waffengewalt. Das hätte ihn nur noch nervöser gemacht. Dadurch wäre die Gefahr für Danielle ins Unermessliche gesteigert. Deshalb hielten sich die Cops zurück.

Cody blickte nach links, und er bemerkte, dass der Geiselnehmer in die gleiche Richtung spähte.

Was sich dort verändert hatte, war auf den ersten Blick zu erkennen.

Männer in schwarzer Einsatzkleidung waren auf den Dächern der Bürobaracken in Stellung gegangen. Drei Beamte der Emergency Unit waren es, einer Einheit für Sondereinsätze, die bei der County Police in Hackensack stationiert war.

Die Elite-Cops lagen hinter schweren Scharfschützengewehren, deren Läufe auf Dreibeinen ruhten. Ihr Schussfeld war frei. Sie waren in der Lage, den Geiselnehmer zu töten, bevor er auch nur den Zeigefinger krümmen konnte.

Er wusste es.

Cody sah, wie der Mann aschfahl wurde. Seine Gesichtszüge erschlafften.

»Ich gebe auf!«, schrie er plötzlich. »Ich lasse die Waffe fallen! Nicht schießen! Bitte nicht schießen!«

»In Ordnung!«, antwortete der Einsatzleiter der Polizei über Lautsprecher. »Lassen Sie die Pistole fallen. Ihnen geschieht nichts!«

Der Mann in der Krakenkluft gehorchte. Mit einem metallischen Klacken landete die Waffe auf dem Asphalt. Er hob die Hände.

Danielle machte zwei unsichere Schritte vorwärts. Hinter ihr eilten weitere Beamte in der schwarzen Einsatzkleidung herbei, ergriffen den Geiselnehmer, drückten ihn zu Boden und fesselten ihm die Handgelenke auf den Rücken. Eilends wurde er abgeführt.

Cody lief auf Danielle zu und schloss sie in die Arme.

»Gott sei Dank, dass jemand die Polizei gerufen hat«, sagte sie. »Warst du das?«

»Nein«, antwortete Cody. »Aber ich kann mir denken, wer unser Retter war.«

GEFAHR AUS DER LUFT

Lange Reihen von Leuchtstoffröhren unter der Decke erzeugten schattenlose Helligkeit wie von Tageslicht. Die Kommandozentrale ähnelte einem Großraumbüro, mit dem Unterschied, dass die hier arbeitenden Menschen alle die gleiche schwarzgraue Kleidung trugen.

Auf der linken Brustseite der grauen Jacken schimmerten gestickte handtellergroße Kraken aus feuerroter Seide.

Etwa dreißig Personen, Männer und Frauen, waren es, die sich auf ihre Bildschirme konzentrierten und gelegentlich mit flinken Fingern die Keyboards der Computer bedienten. Das leise Klicken der Tasten lag als ständiger Geräuschteppich in dem großen Raum.

Es gab einen weiteren Unterschied zu normalen Büroräumen: Die Kommandozentrale hatte keine Fenster. Es gab keinen Ausblick auf die Landschaft, und selbst die Unterkünfte der Menschen verfügten lediglich über Lüftungsschächte und leistungsstarke Klimaanlagen, die ausreichende Frischluft bis in die letzten Ecken und Winkel transportierten.

Auch alle übrigen Räume, von Garagen und Hangars bis zu Vorratskammern und Küchen, befanden sich unter der Erde und waren von außen nicht zu erkennen. Es mangelte an nichts in diesem gewaltigen unterirdischen Bau. Sogar Fitnessräume, Sporthallen und ein Schwimmbad waren vorhanden.

Brutus Gallart und sein Stellvertreter Alvin Canterbury hatten ihr eigenes gemeinsames Büro oberhalb der Kommandozentrale. Es klebte unter der Decke wie ein voll verglastes Schwalbennest. Eine breite Treppe führte hinunter in das Großraumbüro. Doch es gab einen Hinterausgang, der aus dem Schwalbennest zu speziellen Räumen und zu Gallarts und Canterburys Privatgemächern führte.

Die beiden Männer saßen in trautem Nebeneinander vor der Bildschirmwand und beobachteten aufmerksam das Geschehen, das sich auf einem großen, flachen TFT-Monitor abspielte.

Das Bild war gestochen scharf und wurde von einer Kamera

aufgenommen, die sich in der Luft befand. Weil die Kamera in einer ständigen gleitenden Bewegung schwebte, wurde der Abbildungswinkel immer wieder korrigiert.

Ein ausgesprochen spitzer Winkel war es, als würde ein mit dem Fotogerät behängter Adler über dem Geschehen kreisen. Dennoch waren wegen der Schärfeleistung des Objektivs alle Einzelheiten bestens zu erkennen.

Ein Kenworth-Kipper stand quer auf der Fahrbahn.

Ein schwarzer Jeep-Cherokee war schräg davon zum Stehen gekommen.

»Ich hoffe, das ist ein Leihwagen«, murmelte Gallart, der wie immer seine Bayernkluft trug. Es war sein Stil, in knielangen Lederhosen und Trachtenhemden herumzulaufen. Dazu trug er grob gestrickte Kniestrümpfe und robuste braune Schuhe. Den dunkelgrünen Filzhut mit dem Gamsbart hatte er neben sich auf einen nicht benutzten Röhrenbildschirm gelegt.

Wie viele Amerikaner liebte Brutus Gallart alles, was aus Bayern kam. Wenn es seine finsteren Geschäfte erlaubten, flog er jedes Jahr zum Oktoberfest nach München. Er war ein großer, untersetzter Mann mit ungewöhnlich breiten Schultern. Durch Messernarben in beiden Mundwinkeln sah er aus, als würde er ständig grinsen. Sein schwarzes Haar war mit Pomade behandelt und wirkte dadurch wie eine Haube aus Lack.

»Natürlich ist es ein Leihwagen«, erwiderte Canterbury pikiert. »Die Jungs sind doch nicht blöd.«

Canterbury war Engländer, und obwohl er schon lange in Amerika lebte, hatte er seinen näselnden englischen Akzent nicht abgelegt. Mit seiner Kleidung sah er stets aus, als ob er auf dem Weg zu einem festlichen Empfang oder einem Ball war.

Auch an diesem Tag trug er einen eleganten dunklen Anzug, dazu ein weißes Hemd mit bunt gemusterter Fliege sowie blank polierte schwarze Maßschuhe.

Alvin Canterbury war ein schlanker, hoch gewachsener Mann mit dunkelblondem Haar. Insgesamt wäre er eine unauffällige Erscheinung gewesen, hätte er sich nicht dauernd mit seiner Festtagskleidung ausstaffiert.

Auf dem Bildschirm, rund um den Truck und den Jeep, wimmelte es inzwischen von Polizeifahrzeugen. Auch ein Polizeitransporter mit vergitterten Fenstern war darunter.

Die vier Männer in der schwarzgrauen Standardkleidung des Schwarzen Kraken waren inzwischen bei Bewusstsein. Ihre Plastikfesseln waren gegen Handschellen aus Edelstahl ausgetauscht worden. Alle vier wurden, von jeweils zwei uniformierten Polizeibeamten flankiert, in den Gefangenentransporter gestoßen.

»Jetzt weiß Amerika, dass es mit uns immer noch rechnen muss«, sagte Gallart zufrieden. Obwohl es eine Niederlage war, die er beobachtete, empfand er Stolz. »Eigentlich müssten diese verdammten Bullen als Erste begreifen, was ihrem Land blüht. Wir werden es beherrschen. Wir allein. Der Schwarze Krake ist auferstanden wie Phönix aus der Asche – stärker und mächtiger denn je.«

Canterbury warf ihm einen zweifelnden Seitenblick zu. »Nur haben wir den ersten Job gerade in den Sand gesetzt«, sagte er, indem er mit einer Kopfbewegung auf den Bildschirm deutete.

»Aber wir sind doch noch gar nicht fertig«, stellte Gallart richtig. »Warten wir erst mal ab. Außerdem darfst du das Wichtigste nicht vergessen. Unsere Männer da unten haben die Zielobjekte ausgespäht.«

»Du meinst unsere ganz speziellen Freunde?«

Auf dem Bildschirm waren auch sie gut zu erkennen: Cody Jones, von dem sie inzwischen wussten, dass er ein Doppelgänger von Aaron Howell war, stand mit Danielle Perkins neben einem Streifenwagen. Drei Männer hatten sich im Halbkreis vor ihnen aufgebaut. Gallart und Canterbury erinnerten sich nicht gern daran, diese Männer kennengelernt zu haben.

Da war CIA-Agent Paul Mansfield, der Leiter des Instituts Breckenridge Mansion, ein hoch gewachsener schlanker Mann, dessen blondes Haar den Sonnenschein reflektierte.

Police Captain Brandon Jones war Codys Vater. Seine Kollegen aus Hackensack hatten ihn gerufen, weil Cody in seinem Job für die CIA wieder einmal mit einem blauen Auge davongekommen war. Captain Jones arbeitete beim New York Police Department, der größten Polizeibehörde der Vereinigten Staaten. Er war Mitglied einer Spezialeinheit, die gemeinsam mit FBI-Agenten gegen das organisierte Verbrechen kämpfte. Von seiner Dienststelle in Manhattan war es ein Katzensprung bis nach Hackensack in New Jersey. Deshalb hatte er so schnell am Ort des Geschehens eintreffen können.

Sergeant George Farrow von Hackensack Police Department war ein kräftig gebauter Mann mittleren Alters. Er hatte viele Jahre mit Brandon Jones zusammengearbeitet, als dieser noch in einem Polizeirevier in Hackensack stationiert gewesen war.

»Ja, ist das nicht toll?« Brutus Gallart klatschte begeistert in die Hände. »Da haben wir sie alle auf einem Haufen. Die übelsten Burschen, die wir kennen. Unsere wichtigsten Feinde. Menschenskind, Alvin, begreif doch! Gleich sind sie alle weg. Auf einen Schlag. Von so einem Erfolg träumen wir seit einem Jahr.«

»Du willst es wirklich tun?«

»Aber natürlich. So eine Gelegenheit kriegen wir erst wieder, wenn Ostern und Pfingsten auf einen Tag fallen.«

»Du willst unsere eigenen Leute opfern?«

»Das müssen wir in Kauf nehmen«, entgegnete Gallart eiskalt. »Wie nennen die Militärs so was? Kollateralschaden, stimmt's?«

»Und was ist mit unserem wichtigsten Gegner?«

»Du meinst das Genie? Das Genie der CIA?«

»Aaron Howell, genau den meine ich«, bekräftigte Canterbury. »Solange wir ihn nicht haben, haben wir gar nichts erreicht.«

Gallarts Grinsen wurde so breit, dass seine Mundwinkel fast bis zu den Ohrläppchen reichten. »Du hast eines vergessen, mein lieber Alvin.«

»Du meinst ...«

»Genau das«, bekräftigte Gallart. »Mit *dem* Trumpf in der Hinterhand haben wir das Genie so gut wie eingesackt.«

Schwitzend und schnaufend, mit einem Handtuch über den Nacken, kam Aaron aus seinem Archiv. In seinem Büro summten die Rechner.

Nachdem er für Cody und Danielle alles geregelt hatte, konnte er Feierabend machen. Nach dem Workout freute er sich auf sein gemütliches kleines Zwei-Zimmer-Apartment drüben im Unterkunftsbereich. Er würde ausgiebig duschen, ein paar lockere Freizeitklamotten überstreifen und sich dann zum Spätnachmittags-Tee in die Kantine begeben.

Nur ein paar Kleinigkeiten waren noch am Computer zu erledigen. Unter dem Strich konnte er mit seiner heutigen Leistung zufrieden sein. Mansfield würde es zu würdigen wissen.

Nach Codys alarmierendem Anruf hatte er, Aaron, getan, was getan hatte werden müssen. Er hatte den schwarzen Geländewagen und die beiden Fahrräder mit Markierungen belegt und anschließend in Ruhe beobachtet, was sich abgespielt hatte.

Der Rest war einfach gewesen. Als der gelbe und der grüne Pfeil mit dem roten Pfeil zusammengetroffen waren, hatte er die Polizei alarmiert. Natürlich hatte er sofort auch Mr Mansfield und Codys Vater benachrichtigt.

Bei Gefahr im Verzug mussten alle persönlichen Dinge im Hintergrund stehen. In solchen Situationen durften Neid oder Eifersucht einfach keine Rolle mehr spielen.

Überhaupt hatte Aaron sich vorgenommen, die Sache etwas lockerer zu nehmen. Er war überzeugt, etwas gegen seine Eifersucht tun zu können. Genau genommen waren es mehrere Methoden, die er sich verordnet hatte. Körperliche Fitness war das eine. Aber auch für sein geistiges Wohlergehen wollte er etwas tun. Und er war überzeugt, einen brauchbaren Weg gefunden zu haben.

Er schwang sich an den Bildschirm.

Seine Finger schwebten schon über der Tastatur, als er jäh innehielt.

Das Bild war unverändert, fast schon Gewohnheit. Der große Kenworth-Kipper, der schwarze Jeep Cherokee, die Polizeifahrzeuge und die Leute, die hin und her liefen wie Ameisen. Es war nichts Ungewöhnliches zu sehen.

Und doch war Aaron etwas aufgefallen.

Er konnte es nicht mehr entdecken. War es nur ein optischer Impuls gewesen? Eine Reflexion auf dem Bildschirm, als er sich auf den Stuhl gesetzt hatte? Sosehr er den Monitor auch absuchte, er vermochte nichts Auffälliges zu finden.

Er wandte sich wieder der Tastatur zu, wollte die Webseite aufrufen, die er jeden Abend nach Dienstschluss kurz besuchte.

Doch abermals hielt er inne.

Denn plötzlich schwebte etwas in das von Satelliten erzeugte Bild.

Es sah aus wie die Schwinge eines großen weißen Vogels, der in einem Bogen gemächlich über dem Geschehen kreiste. Gleich darauf kam der Vogel vollständig ins Bild, und Aaron erkannte, dass es sich um ein Flugzeug handelte.

Falsch.

Er beugte sich vor, sah genauer hin.

Kein richtiges Flugzeug.

Der schlanke weiße Rumpf hatte keine Cockpit- und auch keine Kabinenfenster. Nur ein paar stummelförmige Antennen ragten aus dem glasfaserverstärkten Kunststoff, aus dem das unbekannte Fluggerät wohl gebaut worden war.

Eine Drohne.

So hießen die unbemannten kleinen Flieger, die beim Militär zur Aufklärung von feindlichem Gebiet eingesetzt wurden. Aber auch andere Einsatzzwecke waren möglich. Drohnen konnten gezielt Menschen töten. Einzelne Menschen, mehrere Menschen, viele Menschen.

Es hing ganz davon ab, wie explosiv die Last war, die eine Drohne an ihren Bestimmungsort transportierte und anschließend ausklinkte.

Aarons Gedanken schrillten Alarm.

Er griff zum Telefon und benutzte die sichere interne Leitung.

Die Einsatzzentrale des CIA-Instituts meldete sich sofort.

Der Kollege war über den bisherigen Verlauf der GPS-gestützten Aktion informiert, wie alle Diensthabenden im Institut, beim FBI und bei den zuständigen Polizeidienststellen. Aaron konnte sich deshalb auf die notwendigsten und wichtigsten Einzelheiten beschränken.

Er brauchte weniger als fünf Sekunden, um den Kollegen auf den neuesten, alarmierenden Stand zu bringen.

»Wir brauchen sofort Luftunterstützung«, schloss Aaron. »Wir können nicht ausschließen, dass es sich um einen geplanten Anschlag handelt.«

Er gab die Koordinaten durch und beschrieb das weiße Flugobjekt. Er schätzte dessen Spannweite auf drei bis fünf Yard.

Anschließend rief er Paul Mansfields Handy über eine gesicherte Verbindung an.

»Verdammt!«, fluchte der CIA-Agent, der sich direkt am Ort des Geschehens befand. »Langsam habe ich den Eindruck, diese elenden Kerle sind besser ausgerüstet als wir.« Er legte den Kopf in den Nacken. »Zu hören ist hier aber nichts.«

»Nicht nach oben blicken, Sir!«, warnte ihn Aaron. »Ich bin sicher, der Schwarze Krake kriegt alles mit. Bestimmt ist die Drohne auch mit einer Kamera bestückt. Ich würde Ihnen einen zügigen, aber geordneten Rückzug empfehlen. Keine auffälligen Bewegungen. Das könnte die Beobachter veranlassen, ihre Bombe sofort auszulösen – falls es eine gibt. Im Übrigen hat das Ding Turboprop-Motoren und es fliegt in großer Höhe. Deshalb hören Sie nichts.«

Mansfield nahm sofort den Kopf herunter. Er war einunddreißig Jahre alt, doch es machte ihm nichts aus, die Ratschläge seines jugendlichen Kollegen zu akzeptieren. Jeder im Institut wusste, dass auf Aaron Verlass war. Letzten Endes war er das Genie. Man nannte ihn nicht nur so, es war keineswegs nur ein

Spitzname – er war ein wirkliches Genie. Und auch als Älterer brach man sich keinen Zacken aus der Krone, wenn man auf ihn hörte.

Der Kollege aus der Einsatzzentrale meldete sich mit der Nachricht, dass von einem nahen Stützpunkt der Air Force zwei Phantom-Kampfjets aufgestiegen seien. Die Piloten hatten Anweisung, die Drohne nach Möglichkeit abzuschießen, bevor sie eine Bombe abwerfen konnte.

Aaron und sein Vorgesetzter beendeten das Gespräch.

An dem Bild von der Straße vor den Sandgruben änderte sich nichts. Die Polizeibeamten und die Leute in Zivil bewegten sich so ruhig und zielstrebig wie zuvor.

Die Hecktüren des Gefangenentransporters waren verriegelt worden. Streifenwagen rangierten zur Seite, um dem größeren Fahrzeug Platz zu schaffen.

Aaron erweiterte den Winkel seiner Bildschirmwiedergabe.

Nun sah er die Drohne, wie sie hoch über dem Straßenabschnitt kreiste. Leider konnte er nicht unter den Bauch des Kleinflugzeugs blicken. Deshalb konnte er auch nicht erkennen, welche Art von Kamera eingebaut war und wie die Bombenlast aussah, falls es sie gab.

Wenn es sich bei der Kamera um ein Aufnahmegerät mit Rundumsicht handelte, konnte es für die Piloten der Kampfjets schwierig werden, sich unbemerkt zu nähern. Dieses Problem gab es nicht, wenn die Kamera lediglich mit einem nach unten gerichteten Objektiv bestückt war. Das, so überlegte Aaron, würde der günstigste Fall sein. Dann würde die Drohne lediglich durch ihr Abstandsradar auf die Annäherung fremder Flugzeuge aufmerksam werden.

Aarons innere Anspannung wuchs.

Vornüber gebeugt beobachtete er, was sich abspielte. Noch hatte sich nichts verändert. Doch jeden Moment konnte der Gefangenentransporter losfahren. Würde das der Augenblick sein, in dem die Leitzentrale des Schwarzen Kraken die Bombe ausklinkte? Das hätte dann bedeutet, dass Gallart und Canterbury ihre eigenen Leute schonen wollten.

Aaron hatte den Kopf der Verbrecherorganisation und seinen Stellvertreter nur nach der Festnahme gesehen. Cody hingegen hatte das zweifelhafte Vergnügen gehabt, die Männer persönlich kennenzulernen. Er würde einschätzen können, wie hinterhältig und gemein sie wirklich waren. Würden sie es fertigbringen, ihre eigenen Leute über die Klinge springen zu lassen?

Aaron begriff, dass es in seiner Kalkulation einen schweren Unsicherheitsfaktor gab.

Die Kampfjets würden nur wenige Minuten brauchen, um ihren Einsatzort zu erreichen. Doch zu jeder Sekunde innerhalb dieser Zeitspanne konnte die Drohne ihre brisante Fracht abwerfen. Gallart und Canterbury brauchten nicht länger zu warten.

Weshalb legten sie nicht einfach den Hebel herum, der den Männern auf der Straße Tod und Verderben bringen würde?

Aaron hatte sich diese Frage kaum gestellt, als es geschah.

Die Kampfjets stießen jäh ins Bild.

In einem Fünfundvierzig-Grad-Winkel rasten sie von Südwesten her auf die Drohne zu.

Der Kleinflieger reagierte sofort, als die Phantom-Jets auf dem Monitor erschienen. Ruckartig schwenkte die Drohne nach Nordosten und beschleunigte.

Ein Gegenstand löste sich von ihr, wurde durch die Fliehkraft in ebendiese Richtung geschleudert.

Die Bombe!

Aaron stockte der Atem.

Aus der Höhe gesehen wirkte die Bombe winzig. Schlank, spitz zulaufend und hellblau lackiert, schien sie einen eigenen Antrieb zu haben, wie sie der Drohne vorauseilte.

Vom abrupten Schwenk der Drohne zur Seite geschleudert, flog die blaue Bombe von der Straße weg, über den Seitenstreifen und über den Zaun des Sandabbaubetriebs. Dann erst neigte sie sich durch ihr Eigengewicht langsam abwärts, der ersten, schon halb zugewachsenen Sandgrube entgegen.

Aaron presste die Lippen zusammen. Er schickte ein Stoßgebet zum Himmel, dass sich niemand in der Grube oder in der unmittelbaren Umgebung aufhalten möge.

Die Menschen auf der Straße warfen sich hin, benutzten die Fahrzeuge als Deckung.

Hoch über ihnen zuckten feurige Lanzen unter den Tragflächen der Kampfjets hervor.

Die Drohne flog buchstäblich auseinander und verwandelte sich vorübergehend in einen Feuerball.

Ein zweiter, größerer Feuerball entstand unten in der Grube.

Die Bombe hatte sich tief in die Erde gebohrt. Die Explosion riss Sand und Erde haushoch empor. Es entstand ein Trichter von bestimmt fünf Yard Durchmesser. Die Splitter des zerfetzten Bombenkörpers waren offenbar alle vom Erdreich aufgefangen worden.

Während sich der Feuerball am Himmel allmählich auflöste, regneten die Einzelteile der Drohne in die Grube herab, wo sie keinen Schaden anrichten konnten.

Dort und auch in der angrenzenden Abbaufläche hielten sich keine Personen auf, wie Aaron erleichtert feststellte.

Auf der Straße rappelten sich alle auf. Niemand war zu Schaden gekommen. Cody und Danielle waren zu erkennen, wie sie sich gegenseitig in die Arme schlossen.

Aaron beobachtete es und es rief zwiespältige Gefühle in ihm hervor. Einerseits war er froh, dass es die beiden heil überstanden hatten. Andererseits meldete sich seine Eifersucht mit voller Wucht zurück. Doch er setzte seine Willensstärke dagegen.

Du lieber Himmel, er war doch auf Danielle nicht mehr angewiesen!

EIN RICHTIG FIESER PLAN

Der große Bildschirm war schlagartig schwarz.

Die gesamte TFT-Fläche war völlig tot. Doch an dem Rechner konnte es nicht liegen. Die Kontrollleuchte zeigte an, dass die Festplatte arbeitete.

»Verdammt!«, grollte Gallart. »Was ist los? Was hat das zu bedeuten?«

Die Männer vor Ort hatten die engsten Vertrauten des verfluchten Genies aufgespürt. Doch dann hatten sie versagt und sich von der Polizei einkassieren lassen. Gut, sie wussten, wie sie sich zu verhalten hatten. Aber das war nur ein schwacher Trost.

Gallart seufzte tief. Eine düstere Ahnung sagte ihm, dass die Schwärze des Bildschirms keineswegs nur an einem Übertragungsfehler lag.

»Sag's mir«, bat er seinen Stellvertreter beinahe kleinlaut.

»Als du die Bombe ausgeklinkt hast«, entgegnete Canterbury, »hat die Drohne plötzlich den Kurs geändert. Das war keine eigengesteuerte Reaktion.«

»Sondern?« Gallart runzelte die Stirn.

»Die Drohne hat spitzgekriegt, dass da was auf sie zukam. Das war das Abstandsradar.«

»Ein Kampfjet oder mehrere sind aufgetaucht. Anders kann es nicht gewesen sein. Sie haben die Drohne in null Komma nichts abgeschossen.«

»Aber wie haben sie das gemacht?« Gallart hörte sich fast verzweifelt an. »Ich meine, wo kriegen sie so einen Jet her? Auf der Straße hatten sie doch alle Hände voll zu tun.«

»Das Genie«, sagte Canterbury nur.

Brutus Gallart blickte ins Leere. Schweigen kehrte ein.

»Von einem kleinen Rückschlag dürfen wir uns nicht entmutigen lassen«, sagte Gallart schließlich. »Immerhin ist bis jetzt alles bestens geglückt.«

»Nachdem sie uns unser Hauptquartier in Alaska kaputtgemacht haben«, sagte Canterbury erbittert.

Gallart nickte. »Genau das meinte ich. In weiser Voraussicht haben wir damals dieses zweite Hauptquartier gebaut. Wir konnten praktisch von heute auf morgen dort weitermachen, wo wir in Alaska aufgehört haben.«

»Auf lange Sicht werden wir unser Ziel erreichen«, stimmte Canterbury mit neuer Zuversicht zu. »Auch wenn viele kleine Schritte notwendig sein werden, am Ende werden wir dieses ganze verdammte Land beherrschen.«

»Bravo!«, rief Gallart und klatschte in die Hände. »Wenn wir es geschafft haben, feiern wir ein ganzes Jahr lang Oktoberfest!«

»Wenn's denn sein muss«, erwiderte Canterbury gespielt säuerlich.

Einen Moment lang sahen sich die beiden Männer an, dann lachten sie beide schallend und klopften sich gegenseitig auf die Schultern.

Nachdem sie sich wieder eingekriegt hatten, fragte Canterbury: »Wie machen wir jetzt weiter?«

»Wie vorgesehen. Wir ziehen unser großes Raubkopien-Projekt durch. Nichts spricht dagegen. Oder?«

»Nein, wirklich nichts«, erwiderte Canterbury und dann klopfte er sich verbal selbst auf die Schulter. »Was wir auf die Beine stellen, hat die Welt noch nicht gesehen. Produktpiraterie in allergrößtem Stil. Wenn die Copyright-Inhaber bisher schon gejammert haben, diesmal werden sie allesamt vor Schreck tot umfallen.«

»Aber hallo!«, bestätigte Gallart mit leuchtenden Augen. »Alle Raubkopierer dieser Welt werden vor Neid erblassen, wenn sie mitkriegen, was wir aufziehen.«

Canterbury fügte begeistert hinzu: »Wir machen illegale Kopien von PC-Programmen, Games, Filmen und all diesem Zeug. Und überall auf der Welt haben wir Vertriebsorganisationen. Nach dem Vorbild des Rauschgifthandels bringen wir unsere schönen kleinen Silberscheiben unters Volk.«

»Und die Zielgruppen haben wir schon jetzt klar im Auge«, freute sich Gallart. »Da wären erst mal Millionen von kleinen und großen Firmen, die sich nicht scheuen, Raubkopien von Business-Programmen zu verwenden. Das Gleiche gilt für Erwachsene und Jugendliche, was Games und Filme betrifft.«

»Aber das ist noch lange nicht alles«, nahm Canterbury den Faden auf. »Unsere Kundschaft werden wir auch in Behörden und sogar in Regierungsdienststellen finden. Selbst dort gibt es verantwortungslose Einkäufer, die preiswerte geklaute Programme zu schätzen wissen.«

»Du sagst es, du sagst es.« Gallart kicherte und rieb sich die Hände. »Aber das alles wäre ja gar nichts ohne die absolute Krönung der ganzen Geschichte.«

»Unsere kleine Zugabe«, gluckste Canterbury und stimmte in das Kichern seines Bosses ein.

»Unsere Gratis-Zugabe!«, rief Gallart, schlug sich auf die Schenkelpartie seiner Krachledernen und wollte sich ausschütten vor Lachen. »Wenn sie die kriegen, kostet es sie zunächst nichts, aber dann – nach einer Weile – alles, was sie haben.«

»Ihr ganzes Vermögen!«, prustete Canterbury.

»Es ist aber auch ein richtig fieser und gemeiner Virus, den unsere Programmierer da gebastelt haben.« Gallart holte schnaufend Luft. »Sofort nach der Installation des Programms späht dieser Bursche den befallenen Computer aus. Damit ist er aber noch lange nicht zufrieden. Deshalb wandert er dann automatisch mit jeder E-Mail weiter auf die Rechner von Freunden oder Geschäftspartnern unserer geschätzten Kunden.«

»Das Schöne an diesem Virus ist ja«, ergänzte Canterbury, »dass er nach dem heutigen Stand der Programmiertechnik unaufspürbar ist. Und dann, wenn er bei Erwachsenen und Firmen die Bankdaten ausspioniert und die Konten plündert, lässt er sich nicht zurückverfolgen.« Der Engländer hielt inne, rieb sich das Kinn. »Ich weiß allerdings nicht, ob wir damit auch bei den Jugendlichen richtig liegen.«

»Aber natürlich!«, rief Gallart. »All den Kids, die nach Raubkopien gieren, räumen wir die Taschengeldkonten leer. Kleinvieh macht schließlich auch Mist, und zwar eine ganze Menge.«

»Ja, die Fangarme des Schwarzen Kraken kommen überall hin«, schwärmte Canterbury. »Unsere Verkäufer sind nette und vertrauenerweckende Leute. Und weil sich der Virus auf ihren Scheiben überhaupt nicht ausspionieren lässt, kann auch niemand Verdacht schöpfen.«

»Bis es zu spät ist«, frohlockte Gallart. »Ich sage dir, Alvin, mit diesem Projekt machen wir schon mal einen enorm wichtigen Schritt auf das Ziel zu, Amerika zu beherrschen.«

»Dabei könnte uns nur noch dieser verdammte Mistkerl im Weg stehen«, gab der Engländer zu bedenken.

»Das Genie der CIA?«, fragte Gallart.

»Von dem rede ich«, bestätigte Canterbury.

Gallart legte ihm die Hand auf die Schulter und setzte ein listiges Grinsen auf. »Für den Burschen haben wir unser spezielles Programm. Und die Gewissheit, dass es laufen wird.«

Er zog sein Handy aus der Tasche und tippte eine Nummer ein, die er nicht gespeichert hatte, sondern auswendig kannte.

»Ich bin es«, sagte er, nachdem am anderen Ende der Verbindung abgenommen worden war. »Wie sieht es aus?«

Aufmerksam hörte er einem knappen, aber erfreulichen Bericht zu.

Er bedankte sich, fügte ein aufmunterndes »Weiter so!« hinzu und tippte auf die Trenntaste.

»Und?«, drängte Canterbury, als Gallart nicht sofort erzählte.

»Das Genie ist so gut wie erledigt«, prahlte das Oberhaupt des Schwarzen Kraken.

Endlich war der Polizeieinsatz draußen bei den Sandgruben abgeschlossen. Nach und nach fuhren alle Fahrzeuge der County Police zurück in Richtung Hackensack. Der Truck setzte sich in Bewegung und Cody und Danielle schwangen sich auf ihre Fahrräder und folgten der Kolonne der Streifenwagen.

Aaron beendete BEST und wechselte ins Internet. Mit dem Standard-Browser, den Millionen Menschen in Amerika benutzten, rief er die Website »Together« auf. Die Homepage baute sich mit der gewohnten Schnelligkeit auf dem Bildschirm auf und Aaron wechselte sofort in den Chatroom über.

Sein Herz hüpfte vor Freude, als er den Spitznamen »Tarantella« in der Anwesenheitsliste entdeckte.

Etwa ein Dutzend Leute waren da. Alles bekannte Namen. Das Thema an diesem späten Nachmittag lautete: »Weshalb trug Bill Clinton bei seiner letzten Amtshandlung als Präsident gelbe Socken?«

Solche Nonsens-Themen waren die Regel im Chatroom von Together. Dahinter verbarg sich die Theorie, dass es eine gute Methode sei, Kreativität zu wecken und zu fördern.

Aaron ließ seine Finger über die Tastatur fliegen. Die Gewissheit, Tarantella im virtuellen Raum zu begegnen, beflügelte ihn.

Sie kannten sich bereits. Etwa vor vier Wochen hatte sich das schlagfertige Girl zum ersten Mal im Chatroom gemeldet. Und beide hatten gleich gemerkt, dass zwischen ihnen die Chemie stimmte.

Tarantella fand Aarons Bemerkungen lustig, und er stellte fest, dass er besonders leicht und locker auf ihre Sätze antworten konnte.

Es war nicht übertrieben, zu sagen, dass sie sich zueinander hingezogen fühlten. Zumindest im Chatroom war das der Fall.

Würde es auch so sein, wenn sie sich einmal in der Wirklichkeit begegneten?

Nun, ob das jemals stattfinden würde, stand in den Sternen. Aaron hatte auch nicht vor, sich falsche Hoffnungen zu machen. Und er war sich darüber im Klaren, dass er vorsichtig sein musste.

Er sah ja ein, dass er bei Danielle wohl doch keine Chancen hatte. Aber deshalb würde er sich nicht gleich neue Hoffnungen machen, nur, weil er im Internet einem Mädchen begegnet war, dem das gefiel, was er da äußerte.

Tarantella war neu in der Gegend, studierte an der New York University und wohnte in Jersey City. Mehr hatte sie nicht von sich verraten.

Jeder, der sich auskannte, wusste, dass sie eine vernünftige junge Frau sein musste. In den Städten von New Jersey, auf der Westseite des Hudson River, lebte man viel günstiger als drüben in Manhattan. Und mit den modernen Fährschiffen war man schneller drüben, als man in New York zwei Häuserblocks mit dem Auto schaffte.

»Hi, Folks« begrüßte Aaron die Teilnehmerrunde im Cyberspace. »Macht's euch was aus, wenn ich schnell noch mal die Socken wechsle? Gelb habe ich zwar nicht, aber irgendwas in Richtung Beige müsste in der Schublade liegen. Euer Blackwing.«

Das Alias hatten sie gemeinsam für ihn ausgesucht, nachdem er sich als Krähenfreund geoutet hatte. »Schwarzer Flügel« fand auch er als Spitzname gut, zumindest für den Chatroom.

»Großer Gott!«, meldete sich ein Typ namens Ratcatcher zu Wort. »Zieh bloß nicht die Schuhe aus, Blackwing. Tu uns das nicht an!«

»Und dann noch die Strümpfe!«, fügte Moose-Maus hinzu, die Elch-Maus. »Du lieber Himmel, willst du uns alle verscheuchen?«

»Welche Sockenfarbe trägst du denn gerade, Blackwing?«, ergänzte Tarantella das Geschriebene um eine weitere Zeile.

Aarons Herzschlag beschleunigte sich, als er ihre Frage las.

»Dunkelblau mit kleinen roten Punkten.«

»Ach, du liebe Güte!«, erwiderte Tarantella sofort. »Wie wär's, wenn ich dir mal ein paar Takte Unterricht in Geschmacksfragen gebe?«

»Was ist denn falsch an Dunkelblau mit kleinen roten Punkten?«, verlangte Aaron zu wissen.

»So ziemlich alles«, antwortete Tarantella. »Das sind die typischen Spießersocken. Aber nach allem, was ich bislang von dir gehört habe, bist du doch kein Spießer, oder?«

Aaron wurde rot vor dem Bildschirm. »Bestimmt nicht«, tippte er rasch. »Aber das kann ich so natürlich nicht beweisen.«

»Du meinst, ich müsste eine Sichtprüfung vornehmen?«, reagierte Tarantella prompt.

»Willst du Beamtin werden?«

»Wie kommst du darauf?«

»Weil du dieses Kauderwelsch draufhast. Sichtprüfung! Was ist das überhaupt für ein Wort? So was sagen doch bestimmt nur Beamte.«

»Ich kenne ein paar Beamte«, erwiderte Tarantella. »Das sind alles sehr nette Leute.«

»Ich glaube«, gab Aaron ein, »ich finde diese Sichtprüfung doch ganz gut. Das ist ein knappes Wort für eine umfangreiche Angelegenheit.«

»Umfangreich?« Tarantella fügte einen Smiley ein. »Ich denke mal, das hängt ganz vom ersten Eindruck ab. Kann ja sein, dass ich dich sehe und sofort weglaufe.« Wieder ein Smiley.

Aaron verspürte eine Woge der Wärme, die ihn durchflutete.

»Dem Risiko will ich mich gern aussetzen.«

Diesmal kam Tarantella zu einer Antwort. Es war Ratcatcher, der sich einmischte, und zwar mit großen fetten Buchstaben:

»Hört mal, ihr beiden Turteltauben! Ich schlage vor, ihr trefft euch zum persönlichen Austausch per E-Mail. Wir hatten hier eigentlich ein etwas anderes Thema, wenn ich mich recht entsinne.«

»Ich schließe mich dem Vorschlag an«, meldete sich ein Teilnehmer mit dem Spitznamen »The Rock«.

»Ich auch!«, ließ Moose-Maus von sich hören. »Mich interessieren die gelben Socken mehr als Tarantellas Sichtprüfung.«

»Okay«, fasste Ratcatcher zusammen. »Was haltet ihr davon, euch ins geschützte Nebenzimmer zu begeben und die E-Mail-Adressen auszutauschen?«

»Gute Idee«, antwortete Tarantella.

»Sehe ich auch so«, tippte Aaron cool.

Gemeinsam verabschiedeten sie sich aus dem Chatroom und nahmen gleich darauf E-Mail-Kontakt auf. Ohne langes Hin und Her kamen sie überein, sich zu verabreden. Das geschah so selbstverständlich, als würden sie sich seit Jahren kennen.

Aaron bemühte sich, seine Begeisterung zu dämpfen. Überschwängliche Freude tat selten gut, auch das wusste er von seinen Eltern.

Er würde sich mit ihr in Jersey City treffen, in einem italienischen Restaurant, das »La Tarantella« hieß. Aarons Internet-Bekanntschaft hatte danach ihren Spitznamen für den Chatroom ausgewählt. Sie hatte das Restaurant schon an ihrem ersten Abend in Jersey City entdeckt. Es war ein traditionsreiches Lokal und galt überdies als Mafia-Treffpunkt.

»Ich sehe mich schon im Kugelhagel sterben«, mailte Aaron. »Muss ich meine Leibwächter mitbringen?«

»Nicht nötig«, lautete Tarantellas prompte Antwort. »Ich stehe unter dem persönlichen Schutz des Paten, des Consigliere und der Unterbosse. Ich bestelle einen Tisch für uns beide. Damit wäre auch das Problem des Erkennungszeichens gelöst. Du brauchst nur nach Sarah zu fragen. Das ist mein richtiger Name.«

Aaron merkte, dass er aufgeregt war. Das beste Mittel dagegen war eine kurze Aktion nebenan, in seinem persönlichen Fitness-Center. Danach würde er sich wieder völlig ausgeglichen fühlen.

Anschließend konnte er sein vorgesehenes Programm durchziehen. Er würde ausgiebig duschen und sich dann für den Abend herausputzen. Er hatte noch drei Stunden Zeit, brauchte sich also nicht zu beeilen.

Nachdem das Summen der Rechner in seinem Büro verstummt war, begab sich Aaron nach nebenan. Die freie Fußbodenfläche reichte für eine Serie Liegestütze zur Eröffnung gerade aus.

Während er pumpte, war er in Gedanken bei seinem bevorstehenden Date. Wie würde Tarantella – Sarah – aussehen? Würden sie sich auch in Wirklichkeit so gut verstehen wie im Chatroom?

Er hatte nicht mitgezählt, aber er hatte schon mindestens zwanzig oder sogar fünfundzwanzig Liegestütze hinter sich, als er das Öffnen der vorderen Bürotür hörte. Dann folgten Schritte, die er sehr gut kannte. Dummerweise hatte er die Tür zum Archiv offen gelassen.

Deshalb blieben Danielle und Cody überrascht stehen, als sie Aaron sahen, wie er sich hochstemmte und dann rasch aufsprang. Doch er konnte nicht verhindern, dass die beiden näher kamen und einen Blick in das Zimmer warfen.

Nebeneinander, links und rechts an den Türrahmen gelehnt, verharrten sie und taten, als würden sie aus dem Staunen nicht mehr herauskommen.

»Ich werd verrückt!«, stieß Cody hervor. »Bist du heimlich unter die Bodybuilder gegangen, Aaron?«

»Drüben im Sportzentrum haben wir eine ganze Halle voller Fitnessgeräte«, sagte Danielle.

»Weiß ich«, antwortete Aaron und lehnte sich betont cool an ein Regal. »Aber es muss ja nicht gleich jeder mitkriegen, dass ich total untrainiert bin. Wenn ich fitter bin, kann ich immer noch rübergehen und mich der Allgemeinheit anschließen.«

»Da ist was dran«, brummte Cody und nickte.

»Wir sind eigentlich nur gekommen, um uns zu bedanken«, erklärte Danielle.

»Wofür?«, fragte Aaron und tat gleichgültig.

»Du hast uns das Leben gerettet«, sagte Cody ernst. »Dafür danken wir dir.«

»Wir stehen in deiner Schuld, Aaron«, fügte Danielle hinzu.

Aaron winkte ab. »Ich habe doch nur meine Pflicht getan.«

»Hey!«, rief Danielle. »Bist du jetzt wieder komisch?«

»Bin ich nicht«, knurrte Aaron verlegen. »Ich muss hier nur noch mein Programm durchziehen und dann ...«

Cody fiel ihm ins Wort. »Wir dachten, wir könnten heute Abend etwas gemeinsam unternehmen. Vielleicht essen gehen.

Und anschließend könnte man sich noch nach einer Disco umsehen.«

»Geht leider nicht«, erwiderte Aaron. »Ich hab heute Abend schon was anderes vor.«

Er verschränkt die Arme vor der Brust und setzte eine verschlossene Miene auf. Deutliches Zeichen, dass er nicht bereit war, mehr zu sagen.

»Tja«, sagte Danielle und zuckte mit den Schultern. »Dann gehen Cody und ich eben allein.«

Aaron blieb es erspart, das für ihn unangenehme Thema weiter zu erörtern. Aus dem Korridor waren Männerstimmen und Schritte zu hören. Doch statt vorbeizugehen, betraten die Männer Aarons Büro.

Versammelte sich auf einmal das gesamte Institutspersonal in seinem Büro? Aaron unterdrückte seinen Ärger. Er wollte sich innerlich auf das bevorstehende Treffen mit Tarantella vorbereiten. Er musste sich voll und ganz darauf konzentrieren. Schließlich war es in seinem Leben höchst selten vorgekommen, dass er mit einem Mädchen verabredet gewesen war. Jedenfalls konnte er vorher keine störenden Gedanken gebrauchen.

Andererseits konnte er die neuen Besucher nicht einfach hinauswerfen. Es waren CIA-Agent Paul Mansfield, Police Captain Brandon Jones und Police Sergeant George Farrow.

Aaron schob sich durch die Tür, an Danielle und Cody vorbei. Er wollte nicht schon wieder Kommentare über seine Fitnessgeräte anhören müssen.

Die Männer schüttelten ihm die Hand.

»Gute Arbeit«, sagte Paul Mansfield und es hörte sich ergriffen an. »Weiter so, Aaron.«

»Dem schließe ich mich an«, erklärte Brandon Jones feierlich. Die prachtvolle Uniform eines Captains des New York Police Departments ließ ihn besonders Respekt gebietend erscheinen. Ansonsten sah Codys Vater aus wie eine etwas ältere Ausgabe seines Sohnes, nur noch ein bisschen breitschultriger.

Während seine Rechte Aarons Hand hielt, klopfte er dem Jungen mit der Linken auf die Schulter. »Ich nehme an, mein Sohn hat sich schon bei dir bedankt.« Jones deutete mit einer Kopfbewegung auf Cody. »Trotzdem tue ich es noch mal. Du hast eine großartige Leistung vollbracht, Aaron. Du hast uns allen dort draußen das Leben gerettet. Die Sprengkraft der Bombe hätte ausgereicht, um sämtliche Leute auf der Straße zu töten.«

»Danke, Sir«, erwiderte Aaron und senkte verlegen den Kopf.

Dann, als ihn auch noch Sergeant Farrow in den höchsten Tönen lobte, wünschte er sich ein Loch im Fußboden, um darin zu verschwinden.

Lob war zwar eine feine Sache und jeder Mensch brauchte eine Menge davon, aber Aaron fühlt sich letztlich doch wohler, wenn er mehr im Verborgenen wirken konnte.

Er erfuhr, dass die Festgenommenen aus dem schwarzen Jeep Cherokee bislang kein einziges Wort gesagt hatten.

»Erfahrungsgemäß wird sich daran auch nichts ändern«, erklärte Sergeant Farrow. »Meist fangen solche Burschen erst dann an zu reden, wenn man ihre Bosse festgenommen hat. Dann singen sie buchstäblich um die Wette, um Kronzeuge zu werden und eine mildere Strafe zu bekommen.«

»Mit anderen Worten«, folgerte Aaron, »diese ganze Aktion hat uns überhaupt nichts gebracht.«

»Etwas schon«, entgegnete Paul Mansfield. »Wir haben immerhin Gewissheit: Der Schwarze Krake ist wieder da. Und wie es aussieht, will er es jetzt wissen.«

RENDEZVOUS DER SPIONE

Für Aaron verstand es sich von selbst, dass er sich vorher informierte. In diesem Fall hieß das, er musste sich vor seiner Fahrt nach Jersey City schlau machen.

Was bedeutete Tarantella? Darauf gab es verschiedene Antworten. Was den eigentlichen Ursprung des Wortes betraf, hatte er eine ungefähre Vorstellung, aber ungefähr reichte für ihn nicht. Was er wissen musste, musste er genau wissen. Deshalb benutzte er seinen privaten PC in seiner Wohnung, um im Internet nachzusehen.

Die Informationen, die er über ein Unternehmen namens Tarantella fand, beachtete er nicht weiter. Tarantella war einmal eine eigenständige amerikanische Softwarefirma gewesen, die inzwischen aber zu Sun Microsystems gehörte. Möglich, dass

Sarah aus der Software-Geschichte ihren Spitznamen abgeleitet hatte.

Das eigentliche Wort aber stammte aus der Gegend, die man auch mit der Geschichte der Mafia in Verbindung brachte.

Die Tarantella war ein rhythmisch temperamentvoller Volkstanz aus Süditalien. Es gab zwei Theorien über die Herkunft des Wortes. Es wäre vom Namen der Stadt Tarent abgeleitet – davon war die eine Gruppe von Wissenschaftlern überzeugt. Die andere, wesentlich größere Gruppe vertrat die Ansicht, dass die Bezeichnung für den Tanz von »Tarantula« kommen müsse, dem Namen einer vermeintlich giftigen Spinne. Wurden die Menschen von der Tarantel gebissen, so tanzten sie anschließend wie wild, um sich das Gift aus dem Körper zu schütteln.

Es war noch hell, als Aaron in Jersey City ankam. Nieselregen hatte eingesetzt, doch das vermochte seine gute Stimmung nicht zu trüben. Von der Bushaltestelle bis zu dem Restaurant war es nur ein Katzensprung. Danielle hätte sich gewundert, wenn sie ihn in diesem Moment hätte erleben können, so aufgekratzt wie er war.

Die Leuchtreklame mit den geschwungenen Buchstaben von »La Tarantella« glühte rot mit gelbem Hintergrund. Das Lokal befand sich zwar in einer Seitenstraße, doch es war auch von der Hauptstraße aus gut zu sehen. Mauerwerk und Fensterrahmen der Fassade waren in warmen dunkelroten Farbtönen gestrichen. Tische und Stühle auf dem Bürgersteig waren verwaist, kein Wunder bei dem Wetter.

Aaron war nervös, als er vor dem Eingang stand. Er spürte seinen Herzschlag bis zum Hals. Doch er gab sich einen Ruck. Rein äußerlich war er bestens gerüstet. Sein blondes Haar, das er sonst immer glatt kämmte, hatte er mit Gel in Form gebracht – so, wie Danielle es immer bei Cody machte, wenn die beiden zusammen ausgingen.

Auch den dunkelblauen Anzug hatte Aaron mit Bedacht gewählt. Schließlich hatte er oft genug zugehört, wenn Danielle ihrem Lover Tipps für sein Outfit gab. Ihre Worte klangen Aaron noch im Ohr: »Du hast so wunderschönes blondes Haar. Dazu passt ganz hervorragend ein dunkelblauer Anzug.« Auch was den Rest der Kleidung betraf, war Danielle keine Ratschläge schuldig geblieben. Ein weinrotes Seidenhemd und leichte hellbraune Schuhe mussten es sein. Logisch.

Aaron hatte sich zwar gefragt, welche Logik es war, die Frauen bei der Auswahl ihrer Farbkombinationen zugrunde legten. Aber wirklich tiefer schürfende Gedanken hatte er sich über dieses Thema dann doch nicht gemacht. Was bei Cody gut aussah, sah auch bei ihm gut aus. Das war die Logik, die für *ihn* passte.

Innerlich fühlte sich Aaron weniger zuversichtlich. Ob er im persönlichen Gespräch auch so lockere und geschliffene Bemerkungen machen konnte wie im Chatroom? Am Computer musste er niemanden ansehen und er musste sich auch nicht von vielen neugierigen Augenpaaren anstarren lassen.

Er verscheuchte die Gedanken aus seinem Kopf, gab sich einen Ruck und trat ein.

Das Lokal sah fast so aus, wie er es sich vorgestellt hatte. Gedämpftes Licht von Wandlampen, Stimmengewirr von vielen Menschen und leise italienische Hintergrundmusik bestimmten die Szenerie. Der Duft von Oregano und anderen Küchenkräutern lag in der Luft.

Kellner balancierten schwer beladene Tabletts durch die Tischreihen.

Aaron war froh, dass er überhaupt nicht beachtet wurde. Er hatte geglaubt, alle Anwesenden würden ihn anstarren. Doch die Leute waren in ihre Gespräche vertieft, mit ihrem Essen beschäftigt und hatten überhaupt keine Zeit, ihre Umgebung auch nur eines Blickes zu würdigen.

In dem großen Raum vermochte Aaron auf den ersten Blick auch niemanden zu entdecken, der allein an einem Tisch saß.

Ein Kellner, der gerade seine Gäste bedient hatte, trat auf Aaron zu.

»Sie wünschen einen Platz, Sir?«, fragte der freundliche schwarzhaarige Mann diensteifrig.

»Ich bin verabredet«, antwortete Aaron. »Die Lady heißt Sarah.«

Der Kellner nickte, lächelte und deutete eine Verbeugung an. »Wenn Sie mir bitte folgen wollen, Sir.«

Er führte Aaron zu einem kleinen Tisch weit hinten, an dem ein dunkelhaariges Girl saß, das ihn mit einem strahlenden Lächeln begrüßte.

Sarah bedankte sich bei dem Kellner, dann forderte sie Aaron mit einer einladenden Handbewegung auf, sich ihr gegenüberzusetzen.

»Tarantella?«, sagte er und sah sie fasziniert an. Gern hätte er ihr außerdem gesagt, dass sie viel schöner war, als er es sich vorgestellt hatte. Aber so viel Offenheit traute er sich einfach nicht zu.

Sie nickte und schenkte ihm den schönsten Augenaufschlag, den er jemals gesehen hatte.

»Blackwing?«, entgegnete sie. »Der Krähenfreund?«

»Ich heiße Aaron«, antwortete er. »Aaron Howell.«

»Sarah French«, stellte sie sich vor. »Nachdem ich dieses Lokal entdeckt hatte, wusste ich, wie mein Pseudonym für den Chatroom lauten würde.«

»Also nicht nach der Softwarefirma«, folgerte Aaron.

Sarah schüttelte den Kopf. »Das wäre doch total unromantisch gewesen. Weißt du, was Tarantella bedeutet?«

»Klar«, bestätigte Aaron. Er schilderte ihr das Ergebnis seiner Recherchen im Internet.

»Wow!«, entgegnete sie beeindruckt. »Da hast du dich aber ausführlich mit mir beschäftigt.« Sie lachte.

Aaron stimmte mit ein. Dann behauptete er: »Ich habe mich nur mit dem süditalienischen Tanz beschäftigt. An dich habe ich dabei überhaupt nicht gedacht.«

Sarah schmunzelte. »Komisch, ich hatte auch total vergessen, mit wem ich hier verabredet war.«

»Na, dann ist unsere Begegnung ja der reine Zufall.«

Sarah lachte erneut. »Toll! In der Wirklichkeit verstehen wir uns genauso gut wie im Chatroom. Ich hatte es gehofft und es ist eingetreten.«

»Geht mir genauso«, murmelte Aaron und fühlte sich regelrecht beflügelt, als er einen tiefen Blick mit ihr tauschte.

Ein anderer Kellner brachte die Speisekarten und sie entschieden sich für ein Menü mit Minestrone, Osso Buco und Tiramisu. Beide wählten Mineralwasser als Getränk.

Während des Essens in der behaglichen Atmosphäre des Restaurants erzählten sie sich mehr voneinander. Aaron erfuhr, dass Sarah acht Jahre älter war als er, also schon Mitte zwanzig. Lächelnd gestand sie, dass sie ein verspätetes Jura-Studium begonnen hatte, von ihren Eltern finanziert. Zuvor, so sagte sie, habe sie in einem kaufmännischen Beruf gearbeitet, aber im Büro sei es ihr einfach zu langweilig gewesen. Als Studentin in New York sei das Leben doch viel aufregender.

Aaron machte aus seinem jugendlichen Alter keinen Hehl. Doch Sarah bescheinigte ihm auf der Stelle, dass er ein richtiger Mann sei, ein ganzer Kerl, da gebe es überhaupt keinen Zweifel. Und wenn er meinte, dass sie zu alt für ihn wäre, dann könne sie ihm in der nächsten Disco beweisen, dass das ein großer Irrtum sei.

»So habe ich das nicht gemeint«, sagte Aaron rasch. »Ich meinte eher, dass ich zu jung für dich bin.«

»Stimmt beides nicht«, erwiderte Sarah. »Also einigen wir uns darauf, dass wir uns durchaus mal wiedersehen könnten. Einverstanden?«

»Aber ja.«

»Oder empfindest du es als aufdringlich von mir, dass ich dich so direkt gefragt habe?«

»Himmel, nein!« Aaron hob abwehrend die Hand. »Weshalb sollte ich das für aufdringlich halten?«

»Na ja, vielleicht denkst du, dass es eher die Aufgabe des Mannes ist, die Initiative zu ergreifen.«

»Wir leben doch nicht in der Steinzeit.« Er zwinkerte ihr zu. »Irre ich mich oder haben Frauen heute die gleichen Rechte wie Männer?«

Sarah lachte wieder. »Nein, du irrst dich nicht. Und ich biete dir sogar an, dich nachher nach Hause zu fahren.«

»Hm, nicht schlecht.« Aaron tat, als müsse er über das Angebot nachdenken. Mit todernster Miene fragte er: »Was für ein Auto fährst du?«

Sarah ging darauf ein und antwortete, ebenfalls scheinbar ernst: »Einen Toyota Prius. Reicht der für deine Ansprüche?«

»Doch, durchaus«, erwiderte Cody gnädig. Dann musste er lachen und rief: »Hey, du fährst ein Hybrid-Auto? Tolle Technik! Habe ich mir noch nie näher ansehen können.«

»Aber nimm meinen Wagen bitte nicht auseinander«, bat Sarah mit gespielter Besorgnis.

Sie beendeten ihr Menü in heiterer Stimmung.

Nachdem sie ihre Rechnungen beglichen hatten, räusperte sich Aaron verlegen.

»Eigentlich wollte ich es vorhin schon sagen ...«, begann er zögernd.

»Ja?« Sarah sah ihn erwartungsvoll an.

»Ich habe dir etwas mitgebracht«, erklärte er.

Umständlich griff er in die Jackentasche und brachte eine kleine Schatulle zum Vorschein. Er schob sie Sarah zu, über den Tisch.

»Das sieht jetzt vielleicht ein bisschen so aus, als ob ich mit der Tür ins Haus falle. Aber ich meine, wir kennen uns nun schon so lange, wenn auch nicht persönlich ...«

»Ach, Unsinn«, entgegnete Sarah. »Da brauchst du nicht unsicher zu sein. Ich sehe es genauso wie du. Wir kennen uns wirklich lange genug.« Ihre Augen leuchteten, als sie die Schatulle öffnete, dann stieß sie einen leisen Freudenschrei aus. »Oh, wie schön!«

Es war ein silberner Ring mit einer noch freien quadratischen Fläche.

»Er ist ein bisschen klobig«, erklärte Aaron. »Aber das ist bei uns Familientradition. Schon mein Vater hat solche Ringe als Freundschaftsringe verschenkt. Ich bin jetzt der Erste in der neuen Generation, der diesen Brauch weiterleben lässt. Der Sinn der Sache ist der: Wenn man ein Jahr zusammen ist, lässt man einen Siegelring daraus machen.«

»Was für eine wundervolle Idee!« Sarah sprang auf, um den Tisch herum und küsste Aaron auf die Wange, ehe er sich versah. »Danke, mein Lieber! Ich danke dir.«

Sie kehrte auf ihren Platz zurück und steckte den Ring auf

den Ringfinger der linken Hand. Strahlend vor Freude hielt sie ihn hoch, drehte die Hand und ließ das Silber im Lampenlicht funkeln.

»Gefällt er dir?«, sagte Aaron vorsichtig. »Ist er nicht doch zu klobig?«

»Du lieber Himmel, nein!« Sarah streckte die Hand mit dem Ring aus, sodass Aaron ihn noch einmal aus der Nähe betrachten konnte. »Ich finde, er ist wunderschön.«

Sie zog die Hand zurück und sah ihr Gegenüber einen Moment lang schweigend an. Dann sagte sie leise:

»Übrigens – ich habe auch etwas für dich. Eigentlich wollte ich es dir erst später geben, aber nun, da wir einmal dabei sind ...«

Sie sprach den Satz nicht zu Ende, hob stattdessen ihre Handtasche vom Fußboden auf und nahm eine DVD-Hülle heraus. Sie schob sie Aaron über den Tisch zu, wie er es zuvor mit der Schatulle getan hatte.

»Ein Game?«, sagte er überrascht.

»So was magst du doch?« Sie sah ihn hoffnungsvoll an.

»Und wie!« Er nahm die Hülle in die Hand und schmunzelte. »Meine Eltern haben mir mal prophezeit, ich würde nie einen richtigen Beruf lernen, wenn ich damit nicht aufhören würde.« Er hob die Plastikhülle hoch und wedelte damit hin und her.

»Und? Hast du einen Beruf?«, fragte Tarantella.

»Ja«, antwortete Aaron. »Ich arbeite in einem biologischen Forschungsinstitut. Da ist viel Leerlauf. Also ist es günstig für so was.« Er wedelte erneut mit dem Game.

»Dann kannst du während der Arbeitszeit spielen?«

Aaron nickte. »Nur, weil ich ein Einzelbüro habe. Wenn ich mit anderen zusammenarbeiten müsste, ginge das natürlich nicht.«

Sarah zeigte auf die Hülle in seinen Händen. »Ich hoffe, du hast es noch nicht. Es ist ganz neu auf dem Markt.«

Aaron betrachtete das Geschenk und las vor: »Call of the Cajuns. Horror in den Sümpfen von Louisiana.« Das Coverbild war von einem Grafiker geschaffen und zeigte einen von riesigen Sumpfzypressen gesäumten Bayou. So hießen die für das Mississippi-Delta typischen Wasserläufe. Seltsam durchscheinende Nebelgestalten mit feuerroten Augen fuhren in einem Boot auf den Betrachter zu.

Aaron hob den Kopf, sah Sarah an und rief begeistert: »Super! Nein, das habe ich noch nicht. Muss ich nachher gleich ausprobieren.«

»Na, dann sollten wir langsam aufbrechen«, schlug Sarah vor.

Aaron war einverstanden. Er begleitete sie zu ihrem Wagen, der gleich um die Ecke parkte. Sarah betätigte die Fernbedienung und sie stiegen gleichzeitig ein. Höflich fragte er sie, ob er den Beifahrersitz ein wenig zurückfahren dürfe, wegen seiner langen Beine.

»Kein Problem, der Hebel ist vorne links.«

Während sie den Wagen startete, griff Aaron schnell und geschickt unter die Sitzfläche. Nach einem Moment fand er den Hebel und rutschte zurück, bis er die Beine ausstrecken konnte.

»Der ist ja wirklich völlig lautlos!«, rief er und zeigte auf die Motorhaube.

»Im Moment läuft er nur auf Batteriebetrieb«, erwiderte Sarah. »Deshalb hörst du nichts.«

»Die Technik sehe ich mir wohl besser bei Tageslicht an«, überlegte Aaron. »Falls wir uns bei Tageslicht wiedersehen.«

»Was sollte dagegen sprechen?« Sarah lachte und sah ihn von der Seite an.

Sie vereinbarten, dass sie telefonieren würden, um ihr nächstes Treffen festzulegen.

In Hackensack dirigierte Aaron seine Fahrerin zu einer Nebeneinfahrt des Instituts, bei den Unterkünften, wo es keine Hinweisschilder gab. Sie verabschiedeten sich, und Aaron blickte ihr nach, bis die Rückleuchten des Hybrid-Autos in der Dunkelheit verglühten.

Sarah hatte ihre Wohnungstür sorgfältig abgeschlossen und die Jalousien heruntergelassen. An dem kleinen Schreibtisch, der wie ein Studenten-Schreibtisch aussah, benutzte sie das abhörsichere Handy.

Sie kannte die Nummer, die sie anrief, auswendig.

Trotz der späten Stunde wurde am anderen Ende der Verbindung schon nach dem zweiten Klingeln abgenommen.

»Ich bin es«, sagte Sarah und wusste, dass der Mann sie sofort am Klang ihrer Stimme erkennen würde.

»Du hörst dich gut an«, erklärte er.

»Dazu habe ich auch allen Grund.«

»Es hat also geklappt.«

»Wie es besser nicht klappen konnte.« Sarah lehnte sich zurück. Mit den Fingern der freien Hand schlug sie einen kleinen Trommelwirbel auf der Schreibtischplatte. »Ich habe mein Päckchen abgeliefert.«

»Und?«

»Er hat sich gefreut.«

»Also hat er keinen Verdacht geschöpft.«

»Wie sollte er? Es ist völlig unmöglich. Und auch wenn er das Spiel installiert, wird er nichts merken.«

»Natürlich nicht«, entgegnete der Mann ruhig. »Was unsere Programmierer da geschaffen haben, gibt es noch nicht. Und etwas, das es nicht gibt, kann man auch nicht aufspüren. Habe ich recht?«

»Hundertprozentig. Ich vermute stark, dass er das Game noch heute Abend ausprobieren wird. Ihr könnt also bald mit den ersten Ergebnissen rechnen.«

»Ausgezeichnet. Ich benachrichtige dich, sobald es hier losgeht.«

»Gut. Ich mache weiter, wie vereinbart. Das heißt, ich werde den Jungen vorläufig im Auge behalten.«

Der Mann lachte. »Willst du ihn verführen?«

»Es juckt mir in den Fingern.«

»Tu dir keinen Zwang an. Du hast dir ein bisschen Vergnügen verdient. Bis dann.«

Sarah drückte die Trenntaste und überlegte. Hatte sie alles richtig gemacht? Hätte sie nicht doch besser berichten sollen, was sie entdeckt hatte? Nein. Sie kam zu dem gleichen Ergebnis wie zuvor. Vordergründig mochte es ein Erfolg sein, was sie aufgespürt hatte. Doch bei näherem Hinsehen würde man es ihr als Fehler ankreiden. Deshalb musste sie die Entwicklung der Dinge erst einmal abwarten.

Sie legte das Telefon beiseite und betrachtete den Ring.

Er lag vor ihr im Lampenlicht.

Sie hatte ihn auseinandergenommen. Der Minisender war im oberen quadratischen Teil des Rings untergebracht gewesen. Es war ein einfaches Ortungsgerät, das nur ihre jeweilige Position gesendet hätte.

VIREN-ALARM

Aaron hielt sich nur kurz in seiner Wohnung auf. Er steckte das Game in die Tasche und machte sich auf den Weg zu seinem Büro.

Dort war er ganz allein, dort hatte er die besseren technischen Möglichkeiten und dort brauchte er wegen der Lautstärke auf niemanden Rücksicht zu nehmen.

Obwohl es ein toller Abend gewesen war, fühlte er sich elend. Genau genommen hatte er ein schlechtes Gewissen. Sarah alias

Tarantella war ein privater Kontakt. Er verstand sich gut mit ihr und es konnte sich eine echte Freundschaft daraus entwickeln. Vielleicht sogar mehr. Es konnte das werden, was er sich so lange gewünscht und bei Danielle nicht erreicht hatte.

Aber er setzte gleich zu Beginn alles aufs Spiel.

Warum musste nur sofort wieder sein Agentengehirn die Oberhand gewinnen? Warum musste er Sarah misstrauen und versuchen, sie auszuspionieren?

Während er in seinem Büro Rechner und Peripheriegeräte in Gang setzte, überlegte er.

Wenn Sarah harmlos war, wenn sie wirklich nur eine persönliche Freundschaft zu ihm suchte, würde sie es ja gar nicht merken. Ansonsten war er als Agent des CIA verpflichtet, solche Vorsichtsmaßnahmen zu ergreifen. Er musste die Leute durchchecken, mit denen er Umgang pflegte, das hatte man ihm in den letzten Jahren eingebläut.

Außerdem war es nun doch echt merkwürdig, dass sich ein so heißer Feger wie Sarah tatsächlich in einen acht Jahre jüngeren Burschen wie ihn verliebte, so Hals über Kopf. Das machte ihn doch stutzig.

Okay, so was sollte es geben, aber er machte sich nichts vor: Er sah beileibe nicht aus wie George Clooney und war auch nicht so smart wie James Bond, und Sarah war eine Klassefrau, die haben konnte, wen sie wollte. Und da hatte sie sich ausgerechnet in ihn verguckt?

Er nahm die DVD aus der Tasche, riss die Folienverpackung

auf, öffnete die Hülle und löste die Scheibe heraus. Sie war mit dem gleichen Bild bedruckt wie das Cover.

Er untersuchte alles gründlich, konnte äußerlich jedoch nichts feststellen, was seinen Verdacht erweckt hätte. Daher legte er die DVD ins Laufwerk und wartete ab.

Der Installationsvorgang begann. Aaron klickte sich durch die einzelnen Abschnitte des Menüs und beobachtete den Bildschirm. Automatisch, wie bei jeder Neuinstallation, lief AHAV mit. Auf das Programm war Verlass. Es handelte sich um eine von Aarons eigenen Entwicklungen. Das Kürzel stand für »Aaron Howell's Anti-Virus Program«. Dahinter verbarg sich eine Super-Software, die jedes andere vergleichbare Programm auf dem Markt übertraf.

Aaron hatte völlig neue Funktionen eingebaut, die er ebenfalls selbst entwickelt hatte. Damit konnte er Viren unschädlich machen, die ebenfalls völlig neu und noch von keinem der gängigen Anti-Viren-Programme katalogisiert worden waren.

Auf dem Bildschirm tat sich nichts Ungewöhnliches. Der Installationsvorgang war kurz vor dem Abschluss.

Aaron begann, sich zu entspannen. Warum, in aller Welt, freute er sich nicht einfach auf das Spiel? Bestimmt war es hoch spannend. So, wie er Sarah als Tarantella aus dem Chatroom kannte, konnte er davon ausgehen, dass sie bestimmt nur Games mit Niveau verschenkte. Wenn die Grafik von »Call of the Cajuns« so anspruchsvoll war, wie es das Cover andeutete, gehörte es schon mal zur Spitzenklasse.

Plötzlich flammte feuriges Rot auf den Bildschirm.

Aaron zuckte zusammen, obwohl er diese Warnung selbst entworfen hatte.

Die optische Wirkung war schockartig, wie beabsichtigt.

Das Fenster war von einem breiten Rahmen in jenem feurigen Rot umrandet. Oben rechts, ebenfalls rot, stand das Logo AHAV. Darunter die eigentliche Warnung in großen, flammenden Buchstaben, die das gesamte Fenster ausfüllten.

Caution!

Dangerous Virus Detected!

Vorsicht, hieß das, *gefährlicher Virus entdeckt!*

Eine Sekunde lang starrte Aaron das feurige Fenster fassungslos an. Dann handelte er.

Mit einer Tastenkombination rief er das eigentliche AHAV auf und veranlasste es, die Installation zu stoppen und die DVD mit dem Game zu analysieren.

Er musste warten, während sein Programm loslegte. Kopfschüttelnd beobachtete er die Meldungen über die einzelnen Arbeitsschritte. Eben hatte er noch geglaubt, Sarah Unrecht zu tun. Und nun dies!

Nun, die DVD mit dem Game war fabrikmäßig verpackt gewesen und hatte nicht nach einer Raubkopie ausgesehen. Es war also möglich, dass Sarah nicht wusste, was sie da gekauft hatte. Wenn jemand in großem Stil Programme fälschte, gehörte die

Herstellung der Folienverpackung zu den leichtesten Teilen der Aktion.

Nach einer knappen Minute hatte er das ganze niederschmetternde Ergebnis.

AHAV meldete ihm alle Einzelheiten über den Virus. Es war der absolute Hammer – ein eigenständiges Programm, wie ein Kuckuckskind im fremden Nest. Von dem ahnungslosen Computer, in dem es sich eingenistet hatte, wurde das kleine Monster gefüttert. Und es entwickelte sich ständig weiter. Informationen waren seine Nahrung. Nicht nur aus dem Rechner, in dem es unentdeckt hockte, versorgte es sich. Nein, es streckte seine Tentakel in alle Richtungen aus, über das Internet in alle Computer, mit denen sein Nest-Rechner jemals Kontakt aufnahm. Und jeden einzelnen dieser Rechner infizierte das Monster ebenfalls, um sich von dort auf die gleiche Weise fortzupflanzen. Das reinste Schneeballsystem.

Tentakel?

Das Wort, das Aaron gerade in den Sinn gekommen war, hallte in seinen Gedanken nach. Tentakel. Fangarme. Kraken.

Der Schwarze Krake.

Aaron war wie vom Donner gerührt.

Sarah alias Tarantella arbeitete für den Schwarzen Kraken!

Wie, um Himmels willen, war es möglich, dass Sarah und ihre Komplizen ihn aufgespürt hatten?

Okay, der Schwarze Krake hatte Codys Spur bis nach Hackensack zurückverfolgt. Damit war zu rechnen gewesen, und es war ihnen gelungen, den Spieß umzudrehen. Doch den Decknamen Blackwing im Chatroom zu entschlüsseln war unmöglich.

Oder?

Nur der Administrator hatte Zugang zu den wahren Identitäten, die sich hinter den Nicknames verbargen. Doch bevor man einen Teilnehmer erkannte, musste man erst einmal wissen, in welchem Chatroom man ihn fand. Das war alles andere als einfach.

Aaron konnte sich lediglich vorstellen, dass die Gegenseite dazu ein Persönlichkeitsprofil von ihm angefertigt hatte. Dann hatten sie den Administratoren verschiedener Foren wahrscheinlich trojanische Pferde untergejubelt und auf diese Weise das bewusste Persönlichkeitsprofil abgeglichen.

Okay, so waren sie auf Blackwing gestoßen.

Und dann hatten sie Tarantella auf ihn angesetzt – Sarah French.

Mit Hilfe von AHAV löschte Aaron alle Spuren, die Sarahs Game-DVD in seinem Rechner hinterlassen hatte. Sorgfältig verstaut er die Scheibe in ihrer Hülle, damit sie von den Technikern des Instituts weiter untersucht werden konnte. Der Virus, da war Aaron sicher, hätte nach und nach alle Daten aus den Rechnern in Hackensack und schließlich im CIA-Hauptquartier Langley kopiert und an den Schwarzen Kraken übertragen.

Damit wäre Brutus Gallart seinem Ziel, die Vereinigten Staaten zu beherrschen, einen entscheidenden Schritt näher gekommen.

Aaron rief Cody an.

Er musste schreien, um sich verständlich zu machen. Der Lärm im Hintergrund war ohrenbetäubend. Eine Disco.

»Ist Danielle bei dir?«, schrie Aaron.

»Warum willst du das wissen?«, schrie Cody zurück.

»Weil ihr herkommen müsst. Beide! Sofort!«

»Warum? Was ist los?«

»Der Teufel ist los. Setzt euch gefälligst in Bewegung! Und zwar jetzt!«

Aaron drückte die Aus-Taste.

Cody wusste genau, dass er am Handy keine Einzelheiten nennen konnte, auch wenn es sich um eine sichere Verbindung handelte. Und Cody wusste auch, dass er, Aaron, bei aller Eifersucht nicht anrufen würde, um ihm einen netten Abend kaputtzumachen.

Aaron ging ins Internet und rief die Website der New York University auf. Sein Verdacht bestätigte sich im Handumdrehen. Der Name Sarah French war weder in der juristischen noch in irgendeiner anderen Fakultät zu finden.

Aaron nahm einen zweiten Anlauf und versuchte es lediglich mit dem Nachnamen French. Das Ergebnis blieb das Gleiche. An der gesamten Universität war keine Studentin dieses Namens eingeschrieben.

Aaron verlor keine Zeit. Er bereitete sich auf den Einsatz vor. Er wusste, dass er nicht mehr im Büro bleiben konnte. Wichtigstes Teil, das er mitnehmen musste, war ein Laptop mit BEST auf der Festplatte. Dazu brauchte er noch die Zusatzausrüstung und dann konnte es losgehen.

Cody und Danielle trafen ein, als er gerade alles zusammengepackt hatte.

»Habt Ihr Alkohol getrunken?«, fragte er streng und sah die beiden prüfend an.

»Sehen wir so aus?«, entgegnete Danielle pikiert.

Aaron schüttelte den Kopf.

»Was willst du mit deiner blöden Frage andeuten?«, erkundigte sich Cody und runzelte die Stirn.

»Dass die Nacht noch lang werden könnte.«

Aaron erzählte ihnen ausführlich, was sich durch sein Date mit Tarantella alias Sarah ergeben hatte. Er zeigte ihnen die Game-DVD und berichtete über seine Nachforschungen in den Datenbanken der New York University.

Die beiden Freunde überwanden ihre Verblüffung schnell.

»Du musst sie sofort anrufen«, entschied Danielle.

»Warum denn das?«, fragte Aaron verwundert.

»Mann!«, stöhnte Cody und verdrehte genervt die Augen. »So schwer von Begriff bist du doch sonst nicht. Sie darf uns nicht entwischen.«

»Cody hat recht«, sagte Danielle. »Tu einfach so, als ob du nichts gemerkt hättest. Sag ihr, dass du das Game ausprobiert hast und es ganz toll findest. Und dann leitest du einfach dazu über, dass du schwer in sie verschossen bist. Und dass du sie unbedingt in dieser Nacht noch einmal sehen musst.«

»Das kauft sie mir doch nie ab!«, wandte Aaron ein.

»Wetten doch?«, erwiderte Cody. »Sag ihr einfach, dass du in dieser Nacht kein Auge zukriegst, wenn du sie nicht noch mal siehst. Wenn ein Kerl ihr so was sagt, fühlt sich jede Frau geschmeichelt. Garantiert.«

Danielle kicherte. »Hier spricht der große Fachmann! Ein Frauenversteher ersten Ranges.«

»Jetzt hör aber auf!«, murrte Cody. »Du weißt genau, dass ich recht habe. Oder willst du mir das Gegenteil beweisen?«

»Schluss der Debatte«, entschied Aaron, bevor Danielle etwas erwidern konnte. Er griff zum Telefon. »Ich rufe sie an.«

Tatsächlich erreichte er Sarah noch und sie hörte sich putzmunter an.

»Ich konnte noch nicht schlafen«, sagte sie. »Ich muss dauernd an dich denken. Geht es dir auch so?«

»Deswegen rufe ich dich an«, entgegnete Aaron. »Ich muss sich unbedingt noch mal sehen. Noch diese Nacht.«

»Du meinst, jetzt sofort?«

»Ja, genau das.«

Sarah schwieg einen Moment. Fast glaubte Aaron, sie würde auflegen, doch dann hörte er ihre Stimme wieder, sanfter als zuvor.

»Möchtest du zu mir kommen, mein Lieber?«

»Ja«, antwortete Aaron heiser und regelrecht ergriffen, denn er stellte sich vor, wie es gewesen wäre, wenn Sarahs Gefühle für ihn echt gewesen wären.

»Dann erwarte ich dich – in einer halben Stunde?«

»Danke. Bis gleich.«

Aaron legte auf ...

Sie beeilten sich mit ihren Vorbereitungen. Danielle lief los, um den Dienstwagen zu holen, der ständig zu ihrer Verfügung stand.

Währenddessen packten Aaron und Cody die Ausrüstung in die beiden Kisten für Außeneinsätze. Dazu gehörte unter anderem ein Reserve-Laptop. Der andere, mit BEST ausgestattete Laptop, war für den Dauereinsatz vorgesehen, gehörte also die ganze Zeit über auf seine Knie.

Danielle fuhr mit dem Dienstwagen vor, einem schwarzen Chevrolet Escalade, dessen hintere Fensterscheiben schwarz getönt waren. Aaron und Cody luden die Kisten ein.

Für die erste Etappe der Fahrt übernahm Danielle den Platz am Lenkrad. Aaron setzte sich mit dem Laptop auf dem Beifahrersitz. Codys Platz war hinter ihm, in der zweiten Sitzreihe. Die dritte Bank war nicht eingebaut, der komplette Heckraum des Wagens war für Gepäck vorbehalten.

Danielle fuhr los, Aaron aktivierte sein Ortungssystem, und Cody klingelte Paul Mansfield per Handy aus dem Bett.

Als ihr Vorgesetzter sich meldete, waren sie schon eine halbe Meile von Breckenridge Mansion entfernt. Und bis Mansfield richtig wach geworden war und begriffen hatte, was Cody ihm mitteilte, hatte der schwarze Luxus-Geländewagen schon eine ganze Meile zurückgelegt.

Seufzend sah Mansfield ein, dass er die nächtliche Aktion seiner Super-Agenten nicht mehr verhindern konnte. So blieb ihm nur, ihnen einzuschärfen, dass sie ihn regelmäßig über den Stand der Dinge informieren mussten.

Cody beendete das Gespräch, steckte das Handy ein und beugte sich vor, um Aaron über die Schulter zu blicken.

Die Nachtsichteinrichtung des Satellitensystems lieferte eine farblich verfremdete Aufnahme von Jersey City und Umgebung. Routiniert bediente Aaron die Tastatur und vergrößerte den Maßstab. Einzelne Straßenzüge der Stadt wurden erkennbar.

Danielle bog auf den Highway ein, der sie auf direktem Weg nach Jersey City führen würde.

»Hast du sie schon?«, fragte sie, ohne den Blick von der Fahrbahn zu nehmen.

»Du meinst das Signal ihres Senders?«, entgegnete Aaron. Er lieferte die Antwort gleich mit. »Es müsste jeden Moment kommen.«

»Was ist, wenn deine Sarah die Wanze im Ring entdeckt?«, fragte Cody.

Aaron schmunzelte im Widerschein des Laptop-Bildschirms. »Ich denke mal, dann wird sie sie kaputtmachen. Vor Wut drauftreten oder so.«

Danielle lachte leise.

»Witzbold!«, knurrte Aarons Doppelgänger. »Du weißt genau, was ich meine.«

»Okay, okay«, lenkte Aaron ein. »Der Ring ist Spielmaterial. Wenn sie ihn auseinandernimmt, wird sie denken, sie wäre schlauer als ich.«

Dann sagte Aaron: »Ich habe ihr einen zweiten Sender untergejubelt und den wird sie hoffentlich nicht so schnell entdecken.«

SARAHS FLUCHT

Sarah sah das erste Grau des neuen Tages in den Rückspiegeln ihres Autos. Vor ihr, noch im Scheinwerferlicht, lagen die dunklen Senken des Hügellandes von Pennsylvania.

Das graue Asphaltband des Highways durchschnitt die Landschaft in Wellenlinien bis hin zum westlichen Horizont, der ebenfalls noch im Dunkeln lag.

Noch herrschte wenig Verkehr auf der breiten Fernstraße.

Sarah wusste nicht, was ihr bevorstand.

Sie war Hals über Kopf aus Jersey City aufgebrochen. Dort hatte sie nicht einmal die Zeit gehabt, Gallart oder Canterbury anzurufen.

Denn sie war aufgeflogen. Deshalb hatte sie sofort verschwinden müssen, als das verdammte Genie Aaron angekündigt hatte, sich mitten in der Nacht noch mit ihr treffen zu wollen.

Zum Schein hatte sie darauf eingehen müssen. Um Zeit für die Flucht zu gewinnen.

Wenn sie ehrlich war, war sie froh, dass sie noch nicht im Hauptquartier hatte anrufen können. Sie hatte Angst davor.

Weil ihr Anruf ein Geständnis sein würde. Sie musste zugeben, dass sie versagt hatte. Der ganze schöne Plan, das Genie zu umgarnen und dann bei einer passenden Gelegenheit zu entführen, war gescheitert.

Und es war ihre Schuld. Denn sie hatte nicht damit gerechnet, dass Aaron sie von Anfang an durchschauen würde.

Aber hatte er das wirklich?

Nun, sie würde es nicht mehr herausfinden können. Vielleicht war es nur eine routinemäßige Vorsichtsmaßnahme von ihm gewesen. Doch es änderte nichts daran, dass er ihr dieses listige Geschenk mit voller Absicht gemacht hatte.

Sie hätte ihm keine Minute länger trauen können. Dabei wäre genau das Gegenteil erforderlich gewesen. Ihre Beziehung hätte auf gegenseitigem Vertrauen aufbauen müssen. Nur so wäre es ihr gelungen, ihn ihrerseits zu überrumpeln.

In den nächsten Stunden, wenigstens noch am Vormittag, würde sie mit Gallart sprechen müssen. Oder mit Canterbury. Wie würden die beiden reagieren?

Die Antwort auf diese Frage schien ziemlich klar zu sein. Am

Telefon würden sie freundlich sein, sie zu beruhigen versuchen und ihr raten, so schnell wie möglich ins Hauptquartier zurückzukommen. Gallart und Canterbury würden sich väterlich wohlwollend geben, damit sie keinen Argwohn schöpfte.

Doch was sie dann, dort im Westen, wirklich erwarten würde, konnte sie beim besten Willen nicht abschätzen.

Sie würde für ihren Fehler bezahlen müssen. Das war es, womit sie rechnen musste. Nicht mit Wohlwollen. Sie würde bestraft werden. Und bei Gallart und Canterbury handelte es sich um Männer, deren Freundlichkeit nur Fassade war. Diese Männer gingen im wahrsten Sinne des Wortes über Leichen. Nur so war es ihnen gelungen, den Schwarzen Kraken zu dem zu machen, was er war.

Sarah überlegte, ob es besser war, wenn sie die Flucht ergriff.

Noch hatte sie die Möglichkeit. Sie brauchte nur eine andere Richtung einzuschlagen, beispielsweise nach Süden, und auf Nimmerwiedersehen zu verschwinden.

Es hörte sich so einfach an, aber das war es nicht. Selbst wenn sie sich bis nach Feuerland durchschlagen würde und sich dort den einsamsten Flecken Erde zum Verstecken aussuchte, musste sie damit rechnen, dass der Schwarze Krake sie aufspürte.

Trotzdem war die Flucht eine Überlegung wert. Sarah beschloss, bei einem Frühstück weiter darüber nachzudenken.

Noch weit entfernt, auf einer Hügelkuppe, erblickte sie ein Schild auf einer hohen Säule. Die Schrift konnte sie noch nicht lesen, aber die rote Farbe sah nach »Howard Johnson's« aus, der Restaurant-Kette. Und so war es auch.

Sie fuhr auf dem Parkplatz hinter dem großen eingeschossigen Gebäudekomplex und rangierte den Toyota rückwärts in eine der weiß markierten Buchten, sodass er mit der Motorhaube nach vorn zum Highway zeigte.

Das Restaurant war nur etwa zur Hälfte besetzt. Sarah fand eine Sitzbucht ganz für sich allein. Besteckgeklapper, Stimmengemurmel und Country-und-Western-Musik erfüllten das Lokal mit einer gleichbleibenden Geräuschkulisse.

Eine Kellnerin in der Howard-Johnson-Kluft, mit rotem Schiffchen auf dem gestylten blonden Haar, erschien mit Kaffeekanne und Speisekarte. Auf Sarahs Nicken hin schenkte sie Kaffee in eine der Tassen, die auf jedem Tisch bereitstanden.

Sarah verzichtete auf die Speisekarte und bestellte ein Frühstück, das für einen Holzfäller ausgereicht hätte: Spiegeleier und gebratener Bacon auf Toast, kleine Bratwürste und Bratkartoffeln dazu sowie als Krönung Buchweizenpfannkuchen mit Ahornsirup.

Sie ließ sich Zeit für diese üppige Morgenmahlzeit.

Die Lokalzeitung, die sie aufgeschlagen neben sich legte, las sie nicht wirklich. Vielmehr überlegte sie, wie sie sich verhalten sollte. Sie neigte dazu, ins Hauptquartier zu fahren und alles zu beichten. Sie musste aber vorher anrufen, so gern sie darauf verzichtet hätte. Auf keinen Fall konnte sie unangemeldet bei Gallart und Canterbury in Oregon auftauchen.

Sie beschloss, den unangenehmen Anruf auf den Nachmittag zu verschieben.

Nachdem sie alles von den Tellern verzehrt hatte, fühlte sie sich so gut, dass sie glaubte, Bäume ausreißen zu können. Sie ließ zwei Dollar als Trinkgeld auf dem Tisch zurück und begab sich mit der Rechnung an die Kasse. Dort kaufte sie zwei Tüten Macadamia-Nüsse und eine Dose Mineralwasser für die weitere Fahrt.

Sie bezahlte in bar, denn es war eine Grundregel, wenn man dem Schwarzen Kraken angehörte, Kreditkarten in Krisensituationen auf keinen Fall zu benutzen. Auf diese Weise vermied man, durch die Belege bei den Kartengesellschaften Hinweise auf die eingeschlagene Fahrtroute zu hinterlassen.

Im Auto stellte Sarah die Mineralwasserdose in den Getränkehalter vorn an der Mittelkonsole. Die Tüten mit den Nüssen legte sie griffbereit auf den Beifahrersitz.

Sie wollte sich wieder nach vorn wenden, doch sie stutzte.

Ihr musste etwas zu Boden gefallen sein, wahrscheinlich schon vor Tagen. Sehen konnte man es nur, wenn man sich nach rechts beugte.

Es war eine Praline aus dunkler Schokolade. So sah es jedenfalls aus.

Sarah naschte gern. Die Praline würde sie wohl im Dunkeln verloren haben. Das runde Stück Naschwerk war zwischen dem Gestänge des Beifahrersitzes und der Mittelkonsole eingeklemmt.

Sarah schüttelte den Kopf über sich selbst.

Lächelnd beugte sie sich hinab, um die Praline mit der Hand aufzuheben.

Als sie die vermeintliche Schokolade mit den Fingerkuppen berührte, zuckte sie zusammen, als hätte sie auf eine heiße Herdplatte gefasst.

Der Schreck fuhr ihr in alle Knochen.

Was sie für Schokolade gehalten hatte, war hartes Metall. Ein kleines Gehäuse aus Spritzguss.

Sarah stöhnte entnervt, als sie das Ding herauslöste und aufhob. Dann, als sie es näher betrachtete, schloss sie verzweifelt die Augen.

Eine Wanze!

»O mein Gott!«, flüsterte Sarah tonlos.

Ihr war, als würde ihr der Boden unter den Füßen weggezogen. Von diesem Schock würde sie sich nie wieder erholen.

Das Genie, dieser verdammte Mistkerl, hatte sie hereingelegt. Sie konnte es einfach nicht fassen, aber in ihm hatte sie tatsächlich ihren Meister gefunden.

Eine böse Ahnung kroch in ihre Gedanken.

Hätte er womöglich auch den Virus entdeckt? War das der Grund gewesen, weshalb er sie unbedingt noch in der Nacht hatte sehen wollen?

Eigentlich war es völlig unmöglich, dass er in dem Game etwas gefunden hatte. Aber bei Aaron Howell, so hatte sie begriffen, musste man wahrscheinlich mit allem rechnen.

Gallart oder Canterbury hatten sich ja noch nicht wieder gemeldet. Sie, Sarah, konnte also noch nicht wissen, ob der Virus seine Arbeit aufgenommen hatte oder nicht.

Sarah gab sich einen Ruck. Sie schaltete den Hybrid-Antrieb ihres Autos ein, ließ das Fenster nach unten und schleuderte die Wanze ins Gebüsch.

Niedergeschlagenheit brachte sie nicht weiter. So viel stand fest. Handeln war angesagt. Es kam einzig und allein darauf an, Abstand zu gewinnen, bevor das verdammte Genie und seine Freunde sie aufspürten.

Erst einmal losfahren, dann überlegen, was sie sagen würde, dann Gallart oder Canterbury anrufen. Genau. So und nicht anders musste ihre Strategie für die nächste Stunde aussehen.

Sie nahm die Dose aus dem Getränkehalter, um einen Schluck Wasser zu trinken, bevor sie losfuhr.

Als sie die Dose hob, erstarrte sie.

Draußen vor der Windschutzscheibe wurde es dunkel.

Ein großer schwarzer Geländewagen versperrte ihr den Weg.

»Ist sie das?«, fragte Danielle, während sie den Cadillac Escalade zum Stehen brachte. »Eigentlich ist sie sehr hübsch. Schade, dass aus euch beiden nun doch nichts werden kann, Aaron.«

»Auf den Arm nehmen kann ich mich selber«, fauchte Aaron.

Danielle spähte über seine Schulter, während er und Cody ebenfalls auf den Toyota hinunterblickten.

»Stimmt aber«, bemerkte Cody trocken. »Ist ja wirklich eine tolle Frau. Da könnte sogar ich ...«

»Jetzt reicht es, Cody!«, rief Danielle energisch. »Wir haben es hier mit einer feindlichen Agentin zu tun. Vergiss das nicht. Aaron hat es immerhin sofort herausgekriegt.«

Cody schwieg betreten und beschränkte sich ebenfalls darauf, den Wagen anzusehen, dem sie die Weiterfahrt verwehrten.

Durch die Windschutzscheibe war zu erkennen, dass Sarah ihren Schreck noch nicht überwunden hatte. Mit geweiteten Augen starrte sie zu dem großen schwarzen Geländewagen empor. Ihr Gesicht war bleich.

»Also los«, sagte Aaron. »Wir steigen aus, Cody. Danielle, ruf Mister Mansfield an, okay?«

»Geht in Ordnung«, erwiderte Danielle. »Seid bitte vorsichtig. Vielleicht ist sie bewaffnet. Denkt daran, dass sie sich in die Enge getrieben fühlt. In solchen Situationen werden Weiber zu Hyänen.«

»Selbsterkenntnis ist der erste Weg zur Besserung ...« Cody lachte leise. Dann duckte er sich beim Aussteigen, um einem möglichen Wurfgeschoss Danielles auszuweichen. Doch es kam nichts dergleichen von ihr, denn sie hatte beschlossen, ihn für seine Bemerkung mit Nichtachtung zu strafen.

Aaron ging auf die Beifahrerseite des Hybrid-Autos zu, während sich Cody an der Fahrerseite aufbaute. Er behielt Sarah im Auge. Nicht die kleinste Bewegung von ihr würde ihm entgehen.

Aaron öffnete die Beifahrertür. Er nahm die Nusstüten auf, als er einstieg.

»So sieht man sich wieder«, bemerkte er sarkastisch. Er legte die knisternden Tüten auf die Mittelkonsole und sah Sarah an. »Bist du bewaffnet?«

»Nein«, antwortete sie bissig.

»Wirklich nicht? Soll ich Cody bitten, dich zu durchsuchen?«

»Kommt nicht infrage. Was ich sage, stimmt.«

Aaron grinste. »Davon bin ich seit gestern Abend nicht mehr hundertprozentig überzeugt.«

»Heißt das ...?« Sarah sprach den Satz nicht zu Ende.

»Ja, das heißt es«, bestätigte Aaron. »Mein Anti-Viren-Programm hat dein sauberes Game sofort auseinandergenommen. Die Softwareexperten in deinem Verein sollten noch mal die Schulbank drücken.«

»Gib bloß nicht so an«, fauchte Sarah. »Wenn du den Virus wirklich entdeckt hast, kann es nur Zufall gewesen sein.«

»Ich wusste nicht, dass solche Programme nach dem Zufallsprinzip arbeiten«, entgegnete Aaron überlegen.

»Wie habt ihr mich überhaupt gefunden?«, fragte sie wütend.

»Durch den Minisender in deinem Auto. Ich habe ein GPS-gesteuertes Programm, das uns lückenlos deine Position gezeigt hat. Das System habe ich selbst entwickelt. Es hat den Vorteil, dass wir außer Sichtweite bleiben können.«

Sarah sah ihn staunend an. Fast schien Bewunderung in ihrem Blick zu liegen.

Sie deutete mit einer Handbewegung nach links, wo Cody ihr jegliche Fluchtmöglichkeit verbaute.

»Dein Zwilling, nicht wahr? Der, der uns in Alaska alles kaputtgemacht hat?«

»Richtig. An einen Fluchtversuch brauchst du gar nicht erst zu denken. An ihm kommst du nicht vorbei.«

»Kannst du ihn nicht wegschicken?« Sarahs Blick verschleierte sich, wurde verführerisch. »Und eure Freundin auch?«

»Es ist Codys Freundin«, stellte Aaron richtig.

»Wie auch immer«, sagte Sarah leise und lockend. »Mit uns muss doch noch nicht alles vorbei sein. Ich meine, es hat doch so gut angefangen. Können wir denn da nicht einfach weitermachen und alles vergessen, was dazwischen vorgefallen ist?«

»Ja«, antwortete Aaron nur.

Sarah konnte nicht glauben, was sie da gehört hatte.

»Was sagst du da?«, fragte sie ungläubig.

»Wir beide machen einfach weiter«, entgegnete Aaron. »Wie du gerade vorgeschlagen hast. Das heißt, mit ein paar kleinen Einschränkungen.«

»Jetzt verstehe ich überhaupt nichts mehr«, gestand Sarah.

»Dann erkläre ich es dir«, sagte Aaron und schilderte ihr seinen Plan.

Sarah war sprachlos. Sie brauchte eine Weile, um die ganze Tragweite dessen zu verarbeiten, was er ihr soeben erklärt hatte.

»Weshalb sollte ich das tun?«, fragte sie dann.

»Du musst es nicht tun«, antwortete Aaron. »Du hast die

Wahl. Schließlich gibt es noch eine andere Möglichkeit. Wir übergeben dich dem FBI. Ich denke, das ist die zuständige Stelle für Angriffe auf die verfassungsmäßige Ordnung der Vereinigten Staaten.«

Sarah sah ihn an, als wollte sie ihm die Augen auskratzen.

Doch dann entspannten sich ihre Gesichtszüge. Sie wusste, dass sie nicht wirklich eine Wahl hatte.

Sie hatte ihre Entscheidung bereits getroffen ...

SEITENWECHSEL

Brutus Gallart hatte das Herzstück seiner Einsatzzentrale wieder genauso aufgebaut wie in Alaska. Es war eine riesige Kunstlandschaft, die Kanada und die Vereinigten Staaten im Miniaturmaßstab abbildete.

Dargestellt war das gesamte Gebiet Nordamerikas mit Bergen, Tälern und Ebenen sowie Städten, Flüssen und Seen.

Die Anlage war so groß wie ein Saal, in dem tausend Menschen untergebracht werden konnten. Die gewaltige Fläche, auf der die Landschaft modelliert worden war, hatte Ähnlichkeit mit einem überdimensionalen Sandkasten, wie ihn Generäle benutzten, um bevorstehende Schlachten zu planen, oder mit einer Modelleisenbahnanlage. Allerdings fehlten die Modelleisenbahnen.

Doch ein paar Einzelheiten waren verbessert worden, verglichen mit der Kunstlandschaft in der Alaska-Station. Zum Beispiel verfügte er nun über einen Kommandostand mit Rundumsicht, aus dem er alle wesentlichen Funktionen steuern konnte. Anders als in Alaska musste er nicht mehr den Kopf aus einem Berggipfel stecken, um den totalen Überblick zu haben.

Der Kommandostand glich einer gläsernen Kanzel, war in der Mitte der Saaldecke aufgehängt und über einen verglasten Gang und eine Treppe von der Seite her zu erreichen.

Ein weiterer Vorteil dieser Neuerung war, dass sich mehrere Personen in der Kanzel aufhalten konnten. Erst vor einer Woche war die Anlage vollständig fertig geworden.

Zum ersten Mal erlaubte Brutus Gallart an diesem Tag seinem engsten Vertrauten, mit ihm den Kommandostand zu betreten.

Canterbury kam aus dem Staunen nicht heraus. Bislang hatte er das gigantische Panorama nur vom Boden aus gesehen. Nun aber, aus der Vogelperspektive, wirkte es einfach überwältigend. Man blickte auf Kanada und die Vereinigten Staaten, als würde man in einer Raumstation darüber schweben.

In der Tat war die künstliche Landschaft mit Computer-Unterstützung anhand von Satellitenfotos modelliert worden. Jede Einzelheit stimmte.

»Sieh mal, hier«, sagte Gallart und betätigte eine Taste auf dem Instrumenten-Panel.

An der oberen Ostküste der Vereinigten Staaten leuchtete ein großer roter Fleck auf.

»Das Ballungszentrum New York«, sagte Canterbury voller Bewunderung.

»Und jetzt noch was«, erklärte Gallart stolz. »Dreidimensionale Projektion. So was hast du noch nicht gesehen. Dafür nehmen wir aber ein anderes Objekt.«

Er tippte auf ein paar weitere Tasten. Der Großraum New York erlosch. Dafür leuchtete ein anderer, kleinerer roter Fleck auf, nicht weit von New York entfernt, westlich des Hudson River.

»Warte mal«, murmelte Canterbury und rieb sich das Kinn. »Das ist ... das ist ...« Er hob den Zeigefinger, und seine Augen leuchteten, als wäre ihm ein Licht aufgegangen. »Breckenridge Mansion! In Hackensack!«

»Richtig!«, lobte ihn Gallart und klatschte Beifall. »Und jetzt pass auf, was passiert.«

Er trat an ein anderes Panel und bediente die Tastatur.

Es wurde dunkel im Saal. Kleine Lichter flammten auf, wie der Diamantenteppich beleuchteter Städte, aus großer Höhe gesehen.

Plötzlich heulten Luftschutzsirenen. Der Klang war naturgetreu, Furcht einflößend und kam von allen Seiten. Es war der perfekte Surround-Sound, wie in einem Kino, das nach dem neuesten Stand der Technik ausgestattet war.

Canterbury beugte sich vor und blickte wie gebannt auf das naturgetreue nächtliche Geschehen, das sich vor seinen Augen entwickelte.

Brutus Gallart verschränkte die Arme vor der Hosenträgerbrust und sah voller Stolz zu, wie sein Stellvertreter aus dem Staunen nicht herauskam.

In das Sirenengeheul mischten sich fauchende, scharf zischende Laute, gepaart mit Feuerblitzen, die bogenförmig aus dem Nachthimmel herabstießen. Ein immer lauter werdendes Orgeln begleitete die Blitze, die sich zu grellen Kometenschweifen entwickelten. Das Orgeln übertönte das Sirenengeheul.

»Raketen!«, rief Canterbury begeistert. »Unsere bewährten Luft-Boden-Raketen! Fantastisch!«

Noch während er seiner Freude lautstark Luft machte, erfolgten auch schon die ersten Einschläge. In rascher Folge rasten die Raketen präzise in den Lichtfleck hinein, der Breckenridge Mansion darstellte.

Donnernde Explosionen füllten den Saal. Der Boden des Kommandostands schien zu beben.

Immer neue Raketen orgelten herbei und verglühten in brüllenden Feuerbällen, die das Institut der CIA in ein Inferno aus Detonationen, Flammen und Rauch verwandelten.

Als der Höllenlärm endlich nachließ, war Breckenridge Mansion dem Erdboden gleich.

»Bravo!«, schrie Canterbury in überschwänglicher Freude. »Bravo! Einfach hinreißend!« Er konnte sich kaum von dem Anblick der verbrannten Erde bei Hackensack losreißen.

Doch schließlich wandte er sich Gallart zu und fragte hoffnungsvoll: »Was wir eben gesehen haben, Brutus – wann wird das Wirklichkeit?«

»Vielleicht schon bald«, erwiderte Gallart grinsend. »Es liegt ganz bei uns. Und es hängt natürlich vom Erfolg unserer Mitarbeiter ab. Vor allem von Sarah.«

Er hatte kaum zu Ende gesprochen, als sein Handy klingelte. Er zog es hervor, blickte auf das Display und schmunzelte.

»Wenn man vom Teufel spricht ...«

»Sarah?«, fragte Canterbury erwartungsvoll.

Gallart nickte und meldete sich.

»Ich bin es«, sagte Sarah hastig flüsternd. »Vielleicht kann ich nicht lange reden. Ich habe mich gerade mal für kleine Mädchen abgemeldet. Sonst bin ich nie mehr allein. Der Typ ist ständig in meiner Nähe.«

»Du meinst ...?« Gallart hob überrascht die Augenbrauen.

»Ganz genau. Das Genie. Mister Aaron Howell höchstpersönlich.«

»Du hast ihn ...?«

»Exakt. Es ist mir gelungen, ihn zu verführen. Der verliebte Trottel. Zugegeben, ich hatte leichtes Spiel mit ihm. Er ist nämlich nicht gerade ein Frauenheld. Genau genommen bin ich sogar das erste Mädchen, das sich richtig mit ihm einlässt.«

»Hinreißend!«, rief Brutus Gallart. »Mein Kompliment, Sarah. Was du mir da schilderst, hört sich verdammt nach einer Glanzleistung an.«

»Ich will ja nicht angeben«, sagte Sarah und versuchte, bescheiden zu klingen. »Aber er frisst mir aus der Hand. Und jetzt kommt die absolute Krönung: Ich habe ihm ewige Liebe versprochen, und wir haben uns gegenseitig geschworen, für immer zusammenzubleiben. Jetzt hat er alle Brücken hinter sich abgebrochen, um nur noch für mich da zu sein. Ich habe ihm einen tollen Job in meiner tollen Firma versprochen, und er ist begeistert, dass wir nicht nur in unserer Freizeit, sondern auch während der Arbeitszeit zusammen sein werden.«

»Hervorragende Arbeit«, lobte Gallart sie erneut. »Und du bist wirklich sicher, dass er sich von der CIA endgültig verabschiedet hat?«

»Ich habe noch nie jemanden erlebt, der einen derart klaren Schlussstrich gezogen hat.«

»Wenn das deine Einschätzung ist, dann weiß ich, dass es stimmt. Wo seid ihr jetzt? Noch in Hackensack?«

»Himmel, nein!« Sara lachte gedämpft. »Wir haben Pennsylvania schon fast hinter uns gelassen. Er kann es gar nicht abwarten, dorthin zu kommen, wo er mit mir den Rest seines Lebens verbringen kann.«

»Also hier bei uns.«

»So habe ich es ihm gesagt.«

»Ich hoffe, du hast ihm auch gesagt, dass er bei uns wie im Paradies leben wird.«

»Aber ja. Adam und Eva waren nichts gegen Aaron und Sarah.«

»Wunderbar! Sag ihm, dass wir uns freuen, ihn als Mitarbeiter zu gewinnen. Sag ihm, dass er bei uns herzlich willkommen ist.«

Sie beendeten das Gespräch.

Gallart steckte sein Handy ein, wandte sich an Canterbury

und berichtete ihm freudestrahlend, was er soeben von Sarah erfahren hatte. »Damit sind wir einen entscheidenden Schritt weiter, Alvin.«

»Ich würde es einen Riesenschritt nennen, Brutus.«

»Du hast recht.« Gallart nickte. »Man muss sich das mal vorstellen: Wir haben das Genie der CIA! Ich glaube, so richtig begriffen habe ich es selbst noch nicht.«

»Du sagst, wie es ist, Brutus.«

»Wir werden uns schon darauf einstellen, da bin ich ganz zuversichtlich.« Gallart kicherte und rieb sich die Hände. »Auch an positive Dinge muss man sich eben erst gewöhnen. Wir haben das Genie und damit haben wir unseren ärgsten Feind praktisch enthauptet.«

»Ob Aaron das auch weiß?«, fragte Canterbury grinsend.

»Glaube ich nicht«, sagte Gallart. »Als verliebter Gockel wird er über solche Nebensächlichkeiten wohl nicht nachdenken. Der Junge fühlt sich doch wie auf Wolke sieben. Bist du nie in ein Mädchen verknallt gewesen, Alvin?«

»Ja, da war mal was«, erwiderte Canterbury und schien zu überlegen. »Ich erinnere mich dunkel.« Mit einer Handbewegung machte er deutlich, dass er das für ihn unangenehme Thema für beendet hielt. »Nun, ich hoffe, der Junge leistet hier ordentliche Arbeit und denkt nicht dauernd nur an seine Sarah.«

»Arbeit?«, wiederholte Gallart und tat erstaunt.

»Ja, was denn sonst? Wir wollen doch von seinen Fähigkeiten als Computer-Ass profitieren, oder nicht?«

Zu Canterburys Erstaunen lachte Gallart schallend auf. »Oh!«, rief der Verbrecherboss in der Bayernkluft. »Ich habe etwas ganz anderes mit ihm vor. Etwas ganz, ganz anderes!«

Canterbury sah ihn verwirrt an. »Aber Brutus, was meinst du damit?«

»Lass dich überraschen, Alvin.«

Bis über die Staatsgrenze von Idaho nach Oregon waren Danielle und Cody stets an ihrem Heck geblieben. Sie hatten in Motels übernachtet und Danielle und Sarah jeweils ein gemeinsames Zimmer genommen, ebenso wie Aaron und Cody.

Mittlerweile fuhren Aaron und Sarah allein durch die Bergwälder von Oregon. Von ihren Begleitern war nichts mehr zu sehen. Aber sie waren weiterhin in der Nähe.

Und Danielle und Cody hatten längst Verstärkung bekommen. Einsatzkommandos der CIA, des FBI und der State Police von Oregon hatten sich ihnen angeschlossen.

Aaron wusste es.

Vor allem wusste er, wie die Ortung funktionierte.

Sarah ahnte es lediglich.

Sie glaubte, dass er irgendwo in ihrem Wagen einen neuen Minisender platziert hatte. Über sein Ortungsprogramm namens BEST hatte er ihr noch nicht viel verraten. Eine einfache Version davon befand sich auf dem Reserve-Laptop, den er mitgenommen hatte. Er würde es sozusagen als Gastgeschenk präsentieren, wenn er den führenden Männern des Schwarzen Kraken gegenüberstand.

Sein eigentlicher Laptop mit der Vollversion von BEST benutzte Cody. Er empfing die Signale eines Minisenders, den Aaron keineswegs in Sarahs Hybrid-Auto versteckt hatte, sondern unter der Haut trug. Das winzige Ding war ihm schon vor Monaten auf der rechten Körperseite minimal-invasiv implantiert worden, und zwar knapp unterhalb der Gürtellinie.

Der Minisender gab nicht nur Ortungssignale ab, er war zugleich auch ein Minimikrofon, das Tonaufnahmen weiterleiten konnte.

Sarah wusste inzwischen, wie ihre Zukunft aussehen würde.

Während der Fahrt hatte Aaron mehrfach mit Paul Mansfield gesprochen, und Cody hatte seinem Vater geschildert, was Sache war. Captain Brandon Jones hatte seine Kontakte zum FBI genutzt und gemeinsam mit Mansfield die Verhandlungen geführt. Das FBI wiederum hatte die zuständigen Staatsanwälte und Richter verständigt.

Sobald Sarah das Genie der CIA in die Organisation des Schwarzen Kraken eingeführt und er die erforderlichen Beweise gesammelt hatte, würden die Einsatzgruppen mit vereinten Kräften losschlagen und das Hauptquartier der Verbrecher ausheben und die Bande endgültig zerschlagen.

Für ihre Mithilfe würde Sarah straffrei ausgehen.

Sie hatte es dankbar akzeptiert, als Aaron ihr diese Entscheidung mitgeteilt hatte. Dennoch war er nicht sicher, ob er ihr trauen konnte. Nun gut, sie hatte Gallart gesagt, was sie ihm sagen sollte. Nicht mehr und nicht weniger. Aber was würde geschehen, wenn sie ihm gegenüberstand? Das würde der Augenblick der Wahrheit sein. Dann würde sich herausstellen, ob sie vielleicht doch ein falsches Spiel trieb.

In einem Tal zwischen zwei bewaldeten Hängen bog Sarah nach rechts auf eine Serpentinenstraße ab. Zwischen hohen Kiefern schlängelte sich die Straße wie durch eine Schlucht den Berg hinauf.

Sarah bremste den Toyota jedoch schon ab, bevor sie die halbe Höhe erreicht hatten.

»Hey, was ist los?«, fragte Aaron verwundert. »Willst du ein Picknick machen?«

»Nein, wir sind da.« Sarah schob die Hände ganz nach oben, legte die Unterarme ebenfalls auf das Lenkrad und bettete dann den Kopf seitlich darauf, sodass sie Aaron ansehen konnte. Der Blick, mit dem sie ihn betrachtete, war verträumt. »Eigentlich sind wir doch ein tolles Paar, nicht wahr? Was meinst du?«

Aaron sandte einen genervten Blick zum Wagenhimmel. »Willst du jetzt wieder nach Feuerland?«

»Natürlich nur mit dir zusammen. Wäre das so eine schlechte Idee?« Sarah blinzelte treuherzig. »Ich meine, wir können unseren Plan immer noch ändern. Wir lassen den ganzen verdammten Schwarzen Kraken auffliegen, deine Freunde und Kollegen können das Hauptquartier hochgehen lassen und wir beide verschwinden für alle Zeiten.«

Aaron verspürte keine Lust mehr, darauf einzugehen. Deshalb wechselte er das Thema.

»Was ist jetzt mit dem Picknick?«

»Ich hab doch gesagt, wir sind da.« Sarah lachte. »Also, ich denke, wir machen es folgendermaßen: Erst einmal lassen wir den Empfang über uns ergehen und dann denken wir in aller Ruhe über unsere gemeinsame Zukunft nach.«

Sie nahm eine Fernbedienung aus dem Fach in der Mittelkonsole und richtete das Teil auf eine Stelle rechts von der Straße. Dort erstreckte sich eine breite, natürliche Schneise den Hang hinauf.

Sorgfältig tippte sie eine Zahlenkombination ein. Die Tasten gaben unterschiedlich hohe Töne von sich, wie bei einem Telefon.

Aaron hoffte, dass sein Minisender die Tonfolge deutlich genug übertrug. Die augenblickliche Position des Toyota Prius lieferte BEST. Cody, Danielle und die anderen würden in der Lage sein, die Zahlen der Fernbedienung zu identifizieren. Den Sendemechanismus nachzubauen, würde für die Techniker eine Kleinigkeit sein.

»Was ist das?«, fragte Aaron und zeigte auf die Fernbedienung. »Der Schlüssel zum Paradies?«

»Warte ab«, erwiderte Sarah.

Noch während sie sprach, veränderte sich die Landschaft.

Die Schneise unmittelbar zur Rechten glitt plötzlich auseinander.

Eine Tunneleinfahrt klaffte auf einmal im Hang. Eine zweispurige Fahrbahn führte hinein. Indirektes, aber taghelles Licht flammte auf.

Der Tunnel war kastenförmig. Es handelte sich nicht um die übliche Röhre, wie Aaron es im ersten Moment vermutet hatte.

Die Augen weit geöffnet, klappte er geistesabwesend das Notebook auf seinen Knien zu und beugte sich staunend vor.

Sarah ließ das Hybrid-Auto in den Berg hineinrollen. Sie betätigte eine einzelne Taste und verstaute die Fernbedienung wieder an ihrem ursprünglichen Platz.

Aaron drehte sich um und sah, dass sich hinter ihnen der Berg schloss, als sie ungefähr hundert Yard zurückgelegt hatten.

Als er sich wieder nach vorn wandte, erlebte er die nächste Überraschung.

IN DER HÖHLE DES LÖWEN

Die Wände und die Decke des Tunnels mochten zwar aus Beton bestehen, waren jedoch mit weißer Farbe als Projektionsflächen hergerichtet worden.

Eine Berglandschaft mit blauem Himmel darüber erstreckte sich nach beiden Seiten als naturgetreues Panorama.

Es war, als würde der Toyota über ein Viadukt, also über eine Talbrücke, fahren. Keine Sekunde lang kam der Gedanke auf, dass man sich unterirdisch fortbewegte.

Aaron vermutete, dass die Projektoren, die das Panoramabild erzeugten, oben in den Betonblenden verborgen waren, in denen sich auch die Leuchtstoffröhren befanden.

Der Tunnel und die Fahrbahn führten mit leichtem Gefälle immer weiter in den Berg hinein. Nach einer lang gezogenen Rechtskurve wurde es heller und die Straße mündete auf einen großen Platz.

Einen Moment lang hatte Aaron den Eindruck, als wären sie ins Tageslicht hinausgefahren, denn der Platz glich einer riesigen Aussichtsplattform mit Blick über die bewaldeten Berge bis hin zum Horizont.

Doch wieder war alles künstlich. Das Tageslicht stammte aus entsprechend helleren Leuchtstoffröhren, und die vermeintlich bis zum Horizont reichende Berglandschaft wurde wiederum von Projektoren erzeugt.

Sarah fuhr auf ein Tor zu, das sich am Ende des Platzes befand. Es gehörte zu einer Gebäudefassade, die aus der Felswand herausgemeißelt war. Für Aaron schien es, als würden sie sich einer mittelalterlichen Burg nähern, der lediglich die Zugbrücke fehlte.

In Steinwurfweite vor dem Eingang hielt Sarah den Wagen an.

»Jetzt pass auf«, sagte sie und lächelte verheißungsvoll. Als sie sah, dass er immer noch vorgebeugt dasaß, fügte sie hinzu: »Entspann dich. Du hast nichts zu befürchten. Bleib einfach locker, okay?«

Aaron nickte nur. Er wollte nicht als Angsthase erscheinen.

Deshalb lehnte er sich zurück und hielt lediglich das Notebook auf seinen Knien fest.

Im nächsten Moment glaubte er, seinen Augen nicht trauen zu dürfen.

Die beiden Torflügel schwangen weit auseinander und eine riesige Menschenmenge strömte Aaron und Sarah entgegen. Alle trugen sie die Kluft mit dem aufgestickten Kraken und alle lachten und winkten fröhlich.

Lediglich die beiden Männer an der Spitze waren anders gekleidet. Doch sie lachten und freuten sich genau wie der Rest der Leute.

Alvin Canterbury trug seine üblichen Festtagsklamotten.

Brutus Gallart sah aus, als hätte er sich direkt aus Bayern einfliegen lassen – mit knielangen Lederhosen, weißen Kniestrümpfen, derben Schuhen, Hosenträgern über dem weiß-blau karierten Trachtenhemd und einem Gamsbarthut auf dem pomadisierten Haar.

Etliche Menschen in der Menge trugen Transparente mit freundlichen Worten, die Aaron galten.

»Herzlich willkommen!«

»Der Schwarze Krake grüßt das Genie der CIA!«

»Sei gegrüßt, Genie!«

»Willkommen, Aaron Howell!«

»Da bin ich aber gerührt«, sagte er trocken.

Sarah sah ihn forschend von der Seite an, um festzustellen, ob er meinte, was er sagte.

Doch die Menge kam näher und sie mussten aussteigen.

Aaron nahm sein Notebook unter den Arm. Jubelrufe empfingen ihn und seine Begleiterin.

Das Freudengeschrei steigerte sich noch, als sie vor Gallart und Canterbury stehen blieben.

Mit einer herrischen Handbewegung brachte Gallart seine Leute schließlich zum Schweigen.

Dann reichte er Aaron die Hand. »Ich freue mich, das Genie der CIA in unsere Reihen aufnehmen zu dürfen«, sagte er feierlich. »Ich denke, wir brauchen uns nicht miteinander bekannt zu machen. Wir sind uns ja schon einmal begegnet, wenn auch unter weniger erfreulichen Bedingungen.«

»Freut mich, dass wir dich hier haben«, erklärte Canterbury und schüttelte Aaron ebenfalls die Hand. »Da wir eine große verschworene Gemeinschaft sind, reden wir uns alle mit du an. Ich hoffe, du bist damit einverstanden.«

»Klar bin ich das«, antwortete Aaron. »Ist ja ein tolles Hauptquartier hier. Von draußen sieht man überhaupt nichts, was?«

»Stimmt genau«, erwiderte Gallart stolz. »Diesmal ist unsere Tarnung perfekt. Hier haben wir die allerbesten Voraussetzungen, unser gemeinsames Ziel zu erreichen. Wir sind froh, einen so talentierten jungen Mann wie dich, Aaron, mit an Bord zu haben. Umso eher wird es uns gelingen, die Macht über dieses Land zu übernehmen.«

»Und ich habe die tollste Frau des Kontinents an meiner Seite«, rief Aaron nicht weniger stolz und legte besitzergreifend den Arm um Sarahs Hüfte. Sie lachte und ließ es geschehen. Doch ihm entgingen nicht die Blicke, die sie dabei verstohlen mit Gallart und Canterbury wechselte.

»Ich schlage vor, dass wir erst mal eine Betriebsbesichtigung machen«, sagte der Engländer.

»Gute Idee«, lobte ihn Gallart. »Ich nehme an, Aaron wird sich besonders für unsere Computersysteme interessieren. Aber auch sonst gibt es eine Menge zu sehen.« Er machte eine ausladende Armbewegung. »Dies hier ist ja nur ein verschwindend kleiner Teil der Gesamtanlage.« Er legte Aaron die Hand auf die Schulter. »Ich kann dir versprechen, dir werden die Augen übergehen.«

Gallart gab der großen Schar seiner Mitarbeiter den Befehl, sich zurück an die Arbeitsplätze zu begeben.

Auf seinen Handzeichen hin übernahmen zwei Männer Sarahs Hybrid-Auto und fuhren es durch das Eingangstor in einen Innenhof.

Aaron war klar, dass sie den Wagen durchsuchen und notfalls in seine Bestandteile zerlegen würden, um etwaige Wanzen zu finden.

Sie würden nichts finden. Und trotzdem fühlte sich Aaron äußerst unwohl in seiner Haut. Er befand sich in der Höhle des Löwen – und wenn er aufflog, würden die Krallen des Löwen ihn zerreißen ...

Das Sonderkommando umfasste zweihundert schwer bewaffnete Männer in Kampfanzügen und mit Spezialhelmen, alle ausgestattet mit Headsets für die Kommunikation per Funk. Auf fünfzig geländegängige Fahrzeuge verteilt, nutzte das Kommando jede Möglichkeit, abseits der befestigten Fahrbahnen unter dem Schutz der Baumkronen vorzudringen.

Cody und Danielle fuhren gemeinsam mit ihrem Vorgesetzten Paul Mansfield und Captain Brandon Jones im Führungsfahrzeug, einem olivgrünen Hummer 3.

Codys Vater hatte die Genehmigung erhalten, an dem Einsatz teilnehmen zu dürfen, weil sein Sohn offiziell daran beteiligt war.

Alle vier trugen Kopfhörer, und die waren drahtlos mit dem Gerät verbunden, das die Tonübertragung von Aarons Minisender empfing.

Mansfield lenkte den Hummer. Cody saß neben ihm auf dem Beifahrersitz und beobachtete den aufgeklappten Bildschirm von Aarons Laptop. Aarons Position wurde durch einen roten Pfeil gekennzeichnet.

Aus der Art seiner Bewegungen in den letzten zehn Minuten folgerte Cody, dass er mittlerweile zu Fuß unterwegs war. Er befand sich bereits im Schlupfwinkel des Schwarzen Kraken.

Griffbereit auf seinem Schoß hatte Cody eine umgebaute Fernbedienung liegen, die für Schließmechanismen geeignet war.

Der Techniker, der das Gerät unterwegs angefertigt hatte, hatte mit einer Normtastatur auch den Zahlencode ermittelt, der sich aus den Tönen ergab, den Aarons Minisender übertragen hatte.

Auf der Mittelkonsole hatte Cody überdies ein tragbares GPS-Gerät bereitgelegt. Für den Vorstoß in die Höhle des Löwen war es besser geeignet als der Laptop. Es hatte lediglich den Nachteil, dass es keinen Ton übermittelte.

Das Führungsfahrzeug erreichte die Position, von der Aarons Minisender die Töne des Zahlencodes übermittelt hatte. Mansfield wartete mit dem Wagen allerdings im Schutz einer Baumreihe östlich der Serpentinenstraße, um alle übrigen Fahrzeuge in Position gehen und die Männer absitzen zu lassen.

Dann konnte es losgehen. Sie würden die Höhle des Löwen stürmen ...

Gallart, Canterbury, Sarah und Aaron erreichten das Großraumbüro, in dem die Einsatzzentrale der Verbrecherorganisation untergebracht war.

Canterbury schilderte dem Genie der CIA, welche Leistung die Rechner und Netzwerke des Hauptquartiers lieferten.

Sie setzten ihren Weg fort, und gleich darauf war Aaron total perplex, als sie den riesigen Saal mit dem nordamerikanischen Panorama und dem Kommandostand betraten.

Canterbury stieß Gallart an wie ein kleiner Junge, der ein neues, gemeines Spiel ersonnen hatte. Er kicherte. »Sollen wir ihm mal vorführen, wie wir Breckenridge Mansion zu einem Trümmerhaufen bomben?«

Gallart, der Aaron inzwischen die verschiedenen Panels und Tastaturen erläutert hatte, winkte ab. »Dafür ist später immer noch Zeit. Außerdem glaube ich, dass unser Genie genügend Fantasie hat, um sich so einen Bombenangriff plastisch auszumalen.«

Canterbury zuckte mit den Schultern und fügte sich.

Sarah tat, was ihre Rolle von ihr verlangte. Arm in Arm mit Aaron begleitete sie die beiden leitenden Männer des Schwarzen Kraken.

Sarahs Nähe löste bei Aaron eine Gänsehaut aus. Doch es war kein wohliges Prickeln, das er verspürte. Das ungute Gefühl, das ihn beschlichen hatte, wurde immer stärker.

Er wusste, dass etwas Schreckliches passieren würde ...

Der Vorstoß in das Hauptquartier des Schwarzen Kraken sollte sich in Minutenschnelle abspielen. Die Sicherheitskräfte im Inneren sollten keine Gelegenheit haben, ihre Beobachtungen auf den Bildschirmen noch zu verwerten.

Nachdem alle Gruppen des Einsatzkommandos ihre Stellungen außerhalb der Fahrzeuge eingenommen hatten, gab Paul Mansfield den Befehl zum Vordringen.

Er und Brandon Jones folgten Cody und Danielle auf dem Weg zum Eingang des Schlupfwinkels.

Das tragbare GPS-Gerät in der Linken, richtete Cody die Fernbedienung auf die Stelle, die er zuvor durch BEST ermittelt hatte.

Es funktionierte.

Die Männer des Einsatzkommandos nahmen sich keine Zeit, über die technischen Finessen des Schlupfwinkels zu staunen.

Im Sturmschritt drangen sie in das unterirdische Verbrecherhauptquartier vor, allen voran Cody und seine Begleiter.

Die nächste Station der Besichtigungstour, die Gallart für Aaron veranstaltete, war die Leitzentrale für die Abwehrsysteme. Dazu gehörten Raketenabschussschächte, wie es sie schon im alten Hauptquartier in Alaska gegeben hatte. Die Radarstation des Schlupfwinkels war bestens getarnt und von außen ebenso wenig erkennbar wie der gesamte Rest der Anlage.

Zur Leitzentrale gehörte eine Wand mit etwa zwei Dutzend Bildschirmen, die durch ein GPS-System gespeist wurden und farbige Aufnahmen der Umgebung zeigten.

Aaron ließ sich nichts anmerken und warf einen unauffälligen Blick auf jene Monitoren, die die Waldgebiete westlich des Schlupfwinkels erfassten. Wegen der dichten Baumkronen war nicht zu erkennen, was sich am Boden abspielte.

Gallart und Canterbury führten das junge Paar durch einen Verbindungsgang, der vor einer Hubschrauber-Plattform endete. Der schwarze Agusta-Helikopter, der dort stand, war jederzeit startklar, wie Canterbury betonte.

Über der Plattform befand sich eine Hubdecke, die außen ebenso getarnt war wie die Einfahrt zum Hauptquartier.

»Nun aber zu unserem tollsten Prachtstück«, sagte Gallart aufgekratzt. Er übernahm die Führung durch einen weiteren Gang, der auf eine Plattform mündete, die etwa doppelt so groß war wie die des Hubschraubers.

In der Mitte der Plattform stand ein Flugzeug.

Es war etwa halb so groß wie ein normaler Kampfjet. Angetrieben wurde es durch zwei Turbinen, die offenbar beweglich in den Tragflächen gelagert waren.

»Ein Senkrechtstarter«, erklärte Canterbury. »Es ist eine Spezialanfertigung nach dem Vorbild des berühmten Harrier-Fighters. Unser Modell hier kann ferngesteuert, aber auch manuell geflogen werden und dient in erster Linie als Transportflugzeug für kleine Lasten.«

»Kleine Bomben zum Beispiel.« Gallart gluckste und sein Grinsen dehnte die Mundwinkel-Narben fast bis zu den Ohrläppchen.

»Unsere Drohnen habt ihr ja schon kennengelernt«, sagte Canterbury. Er zeigte auf den Senkrechtstarter. »Dieses hier ist eine gelungene Weiterentwicklung.«

»Wie gesagt«, fügte Gallart hinzu, »auch für Menschen geeignet. Bestimmt möchtest du mal einen Probeflug unternehmen, was, Aaron?«

Als hätte der Mann in der Bayernkluft ein geheimes Zeichen gegeben, erschienen plötzlich vier bewaffnete Männer, die gleich nach dem Eintreten die Türen schlossen und links und rechts davon Aufstellung nahmen.

Während die Kämpfer des Einsatzkommandos in die verzweigten Gänge und Korridore des Hauptquartiers vordrangen, orientierte sich Cody nach dem Lageplan, den ihm das GPS-Gerät anzeigte.

Mansfield befahl einer Gruppe von acht Uniformierten, sich ihnen anzuschließen.

Deutlich war auf dem GPS-Display der größere Raum zu erkennen, in dem Aaron sich mit mehreren anderen Personen zurzeit aufhielt.

Zügig ermittelte Cody den Weg durch das Labyrinth der Gänge.

In den Räumen hinter ihnen fielen nur zwei oder drei Warnschüsse. Wie Mansfield per Funk erfuhr, war niemand verletzt worden.

Die Männer des Einsatzkommandos waren blitzschnell zur Stelle, und allein der Anblick ihrer schussbereiten Waffen erzeugte so viel Respekt, dass niemand auch nur an Widerstand zu denken wagte ...

Aaron starrte erschrocken auf die Bewaffneten, die ihre MPis auf ihn gerichtet hatten, dann schaute er wieder Gallart an.

»Was ... was soll das?«, fragte er.

»Abflug«, sagte Gallart feixend. »Für dich wird es Zeit, den nächsten Flug zu nehmen, Junge.«

»W-was?« Aaron warf einen Blick nach hinten, hin zu dem Flugzeug, dann wandte er sich wieder Gallart zu und sah den verrückten Gangster in der Bayernkluft nicken.

Doch auch Canterbury schien verwirrt. »Ich dachte, er würde ab jetzt für uns arbeiten, Brutus?«

»Du glaubst doch nicht, ich würde ihm trauen?«, hielt Gallart dagegen. »Zurzeit steht er vielleicht auf unserer Seite, weil er blind ist wie ein verliebter Gockel. Doch wie lange hält das an? Wann kommt er wieder zur Besinnung und stellt sich gegen uns? Das kann ich nicht riskieren.« Gallart schüttelte den Kopf. »Nein, ich schicke die beiden postwendend dorthin zurück, wo sie hergekommen sind.«

»Die ... die *beiden*?«, echote Sarah. »Aber ... aber was hat das mit mir zu tun? Warum ...?«

»Sie haben Ihre Schuldigkeit getan, *Fräulein* French.« Gallart benutzte die deutsche Anrede, auch wenn die im Land des Sauerkrauts und des Biers selbst nicht mehr häufig Verwendung fand. Er zuckte in einer unschuldigen Geste mit den Schultern. »Und Liebende soll man bekanntlich nicht trennen.«

Aaron warf Sarah, die direkt neben ihm stand, einen Seitenblick zu und sah, dass sie bleich geworden war. »Du weißt zu viel über ihn und den Schwarzen Kraken«, erklärte ihr Aaron ruhig. »Und da er dich nicht mehr brauchen kann, bist du für ihn nicht mehr als eine unliebsame Zeugin, die es zu beseitigen gilt.«

»Das ist sehr hart ausgedrückt«, sagte Gallart, ein scheinheiliges Lächeln im Gesicht. »Aber es trifft den Nagel auf den Kopf.« Er gab den Bewaffneten einen Wink. Mit schussbereiten MPis traten sie auf Aaron und Sarah zu. »Und jetzt darf ich die Herrschaften bitten, ihre Plätze einzunehmen und sich anzuschnallen!«

Aaron spürte, wie Sarah seine Hand ergriff und dass sie vor Angst zitterte ...

Cody und seine Begleiter waren noch zwei Quergänge von dem größeren Raum entfernt, als sich Aarons roter Pfeil plötzlich in Bewegung setzte.

Einen Moment lang schien er zu schweben, dann sauste er mit hoher Geschwindigkeit nach Osten davon.

»Vorwärts! Schnell!«, schrie Cody. Jetzt übernahm er die Führung.

Ihm blieb keine Zeit mehr, das Gesehene zu erklären. Was es genau bedeutete, konnte er ohnehin nur ahnen.

AARONS HÖLLENFLUG

Wie ein Blitzschlag drangen die Kämpfer des Einsatzkommandos in den riesigen Raum ein, in dem Aarons letzte Position angezeigt worden war.

Die vier Bewaffneten rissen zwar ihre Waffen hoch, sahen aber sofort ein, dass Widerstand zwecklos war. Bevor noch einer der Kämpfer des Einsatzkommandos versehentlich den Finger am Abzug krümmte, ließen sie ihre Schießprügel fallen, als wären sie glühend heiß geworden.

Sie ließen sich niederringen und fesseln. Das alles war eine Sache von Sekunden.

Gallart und Canterbury standen mit entsetzt aufgerissenen Augen vor der Startplattform und beobachteten alles mit völliger

Fassungslosigkeit. Sie hatten einfach nicht damit gerechnet, dass ihnen die Ordnungsmacht bereits so dicht auf den Fersen war.

Aus der Ferne war das rasch versiegende Rauschen von Flugzeugturbinen zu hören.

Paul Mansfield und Brandon Jones hielten die beiden Köpfe der Verbrecherorganisation mit ihren Dienstpistolen in Schach und legten ihnen Handschellen an.

Cody trat auf die beiden Verbrecher zu und herrschte Gallart an: »Wo ist Aaron?«

Gallart sagte nichts.

»Wo – ist – Aaron?!«, schrie Cody so laut, dass es von den Wänden widerhallte.

Gallart gluckste auf einmal. Dann sagte er: »Aaron ist auf und davon.«

Cody war verdattert. Danielle kam hinzu und trat Canterbury gegen das Schienbein. »Redet endlich, ihr Mistkerle!«

Canterbury jaulte vor Schmerz auf und hüpfte auf einem Bein umher. Da seine Hände auf dem Rücken gefesselt waren, konnte er das Gleichgewicht nicht halten und wäre gestürzt, hätten ihn die Kommandokämpfer nicht festgehalten.

Mansfield zog Danielle ein paar Schritte zurück. Offenbar wollte er nicht, dass sich seine Agentin der Misshandlung von Gefangenen schuldig machte.

Gallart fand seine Selbstsicherheit wieder und höhnte: »Wenn man ein Flugzeug zum Mond schicken könnte, wären euer Genie und unsere hübsche Liebesspionin jetzt auf dem Weg dorthin.«

In Actionfilmen und Games lief es meist anders. Da waren die Opfer gefesselt und geknebelt und außerdem noch bewusstlos. Und wenn sie dann erwachten, hatten sie keine Ahnung, wo sie waren und was mit ihnen geschah.

Aarons Situation war total anders.

Weder er noch Sarah waren geknebelt. Sie lagen nebeneinander und man hatte ihnen die Hände auf dem Rücken gefesselt. Auch hatte man ihnen die Fußgelenke aneinandergeschnürt und die Fußfesseln noch irgendwo festgemacht, sodass sie nicht weg konnten, sondern dort liegen bleiben mussten, wo sie lagen.

Normalerweise hätte das die Sache nicht schlimmer gemacht, als sie ohnehin schon war. Doch es war kein gewöhnlicher Flugzeugboden, auf dem sie lagen.

Es war eine Frachtluke, die nach unten geöffnet werden konnte.

Dass das auch geschehen würde, hatte Gallart ihnen angedroht. Und es sollte an einem Ort passieren, der dem Genie der CIA besonders vertraut war.

Da sie die Oberkörper bewegen konnten, schaffte es Sarah, sich ein Stück zu Aaron hinzudrehen. Der Turbinenlärm war beträchtlich, und sie mussten beide schreien, um sich zu verständigen.

»Kannst du so eine Maschine fliegen?«, schrie Sarah.

»Klar«, antwortete Aaron. »Das gehört bei uns zur Ausbildung. Aber solange ich gefesselt bin, nützt mir das leider nichts.«

»Wenn wir das hier überleben ...«

»Ja?«

»Könnte ich dann Kronzeugin werden? Gegen Gallart und seine Komplizen?«

»Das haben wir dir doch bereits zugesichert«, erinnerte Aaron sie.

»Und würde ich dann nicht bestraft werden?«

»Garantiert nicht.«

»Bist du sicher?«

»So haben es meine Vorgesetzten mit der Staatsanwaltschaft abgesprochen. Aber wie gesagt, mit den Fesseln sieht es schlecht aus. Und ich wüsste auch nicht, wie wir sie loswerden sollen.«

»Ich schon.«

»Was sagst du da?«, schrie Aaron.

»In meiner Jeans, rechte Gesäßtasche, steckt eine Nagelfeile. Wenn du die rausziehen kannst ...«

Aaron antwortete nicht, er handelte – fieberhaft und doch besonnen.

»Was soll das heißen?«, schrie Cody den Verbrecher in der Bayernkluft an. »Was meinen Sie mit ›auf dem Weg zum Mond‹?«

Wieder gluckste Gallart: »Ihr wirkliches Ziel ist nicht ganz so weit entfernt wie der Mond. Aber macht euch keine Hoffnung, dass ihr noch irgendetwas ändern könntet.«

Er wies mit einem Kopfnicken auf einen Bildschirm in der Nähe. Zu sehen war ein zweistrahliges Flugzeug, das über eine Waldlandschaft raste.

»Sobald das Flugzeug sein Ziel erreicht, wird es seine Ladung automatisch abwerfen: Aaron Howell und unsere ...«, er kicherte, »... unsere ehemalige Mitarbeiterin Fräulein French.«

»Was meinen Sie mit ›abwerfen‹?«, fragte Danielle entsetzt.

Gallart zuckte mit den Schultern. »Na, abwerfen eben. Klappe auf und ab damit. Das wird ein echt tiefer Absturz für euer Genie!«

Cody war drauf und dran, sich auf Gallart zu stürzen. »Sie ... Sie ...«

»Das Ziel für den Jet ist eingegeben«, erklärte Canterbury mit zittrig schriller Stimme. »Der Kurs kann nicht mehr rückgängig gemacht werden. Ich habe das Programm vollständig gelöscht. Nur die Zieldaten an Bord der Maschine sind erhalten.«

»Wo ist das Ziel?«, fragte Brandon Jones tonlos.

Brutus Gallarts Gesicht war ein einziges breites Grinsen, als er antwortete:

»Breckenridge Mansion.«

Aaron rutschte ein Stück von Sarah weg. Finger und Hände konnte er so weit bewegen, dass er innerhalb weniger Augenblicke an die Nagelfeile herankam.

Etwas mehr Geschick erforderte es, die Feile am Griff festzuhalten und so zu dirigieren, dass er Sarahs Handfesseln schräg mit der Kante bearbeiten konnte. Die mit Diamantsplittern besetzte Feile zersägte die Kunststoffschnüre in Minutenschnelle.

Der Rest war ebenfalls rasch erledigt.

Nachdem sie sich gegenseitig von den Fesseln befreit hatten, rutschten Sarah und Aaron erst einmal zur Seite, auf sicheren Boden.

Nachträglich lief ihnen eine Gänsehaut über den Rücken, als sie sahen, dass ihre Fußfesseln mit einem Haken verbunden gewesen waren, der zu der zweiteiligen Luke gehörte und bei deren Öffnen die Schnur freigegeben hätte.

Sie verloren keine Zeit, eilten nach vorn ins Cockpit.

Aarons wies Sarah an, sich auf dem Sitz des Copiloten anzuschnallen. Er selbst tat es auf dem Pilotensitz.

Rasch verschaffte er sich einen Überblick über die Instrumente, schaltete den Autopiloten aus und löschte das Programm der Fernsteuerung.

Er packte den Steuerknüppel und spürte, wie das Flugzeug reagierte.

Erst da hatte er Zeit, das Land, über das sie flogen, näher zu betrachten. Im Hintergrund war New York zu erkennen, die berühmte Wolkenkratzer-Skyline. Und im Vordergrund …

»Das ist Breckenridge Mansion!«, schrie Aaron. »Wir fliegen auf das Institut zu – beziehungsweise, wir *sollten* darauf zufliegen.«

»Und abgeworfen werden«, ergänzte Sarah. Sie drehte sich auf dem Sitz um und ...

Jäh gellte ihre Stimme vor Entsetzen.

»Eine Rakete!«, schrie sie. »Eine Rakete kommt von hinten auf uns zu!«

Cody und Danielle waren entsetzt. Was diese Verbrecher sich da ausgedacht hatten, war eine reine Teufelei.

Die beiden Jugendlichen waren an den Bildschirm getreten und starrten fassungslos auf das Geschehen. Nun, viel zu sehen war nicht – nur das Flugzeug, winzig klein aus der Entfernung.

Cody spürte, wie Danielle seine Hand ergriff und sie sanft drückte. »Er wird es schaffen, Cody«, flüsterte sie. »Aaron schafft es immer.«

Gallart hatte ihre Worte gehört, obwohl sie so leise gesprochen hatte, denn jeder im Raum schien vor Spannung den Atem angehalten zu haben. »Diesmal nicht!«, rief er. »Diesmal schafft es euer Genie nicht!«

Danielle wandte den Kopf und blitzte ihn an, Tränen der Verzweiflung in den Augen. »Sie haben schon häufiger den Fehler begangen, Aaron zu unterschätzen, Gallart.«

Gallart nickte. »Deshalb sind wir auch diesmal auf Nummer sicher gegangen und haben noch eine kleine Zusatzmaßnahme getroffen«, erklärte er triumphierend. »Beachten Sie bitte den Feuerschweif in der linken unteren Ecke des Bildschirms.«

»Was ist das?«, wollte Cody wissen.

»Das ist eine Boden-Luft-Rakete, die vor wenigen Sekunden automatisch gestartet wurde«, erklärte Gallart. »Eine zusätzliche Sicherheit.«

»Die Rakete wird das Flugzeug zerstören«, fügte Canterbury für ihn hinzu, »und wenn euer Genie und Miss French bis dahin nicht abgeworfen wurden, werden sie mit dem Flugzeug vernichtet.«

Sarah hatte den schlanken roten Geschosskörper durch eines der hinteren Seitenfenster erblickt.

Die Rakete jagte wie von einem Faden gezogen unbeirrbar auf das Flugzeug zu.

Aaron reagierte innerhalb eines Sekundenbruchteils.

Er riss den Steuerknüppel zu sich heran.

Gleichzeitig betätigte er das Seitenruder.

Er hatte eine Maschine wie diese noch nie geflogen, doch ihm gelang das waghalsige Manöver.

Während das Flugzeug gleichzeitig zu steigen begann und scharf nach backbord zog, raste die Rakete ins Leere.

Zwischen dem Bauch der Maschine und dem vorbeizischenden Geschosskörper war nur eine Handtellerbreite Platz.

Aaron brachte das Flugzeug in die Normallage zurück und atmete erleichtert auf, als er sah, dass er durch sein Manöver auch die Rakete von ihrem Kurs abgebracht hatte.

In der unbewohnten Gegend bei den Sandgruben schlug sie ein.

Ein Detonationsblitz zuckte empor, Sandfontänen stiegen auf und gleich darauf flogen Aaron und Sarah über den Explosionstrichter hinweg.

Cody und Danielle atmeten erleichtert auf. Aaron hatte es mal wieder geschafft – so wie Danielle es gesagt hatte.

Sie wandte sich um und sah Gallart an, der ganz bleich geworden war. »Nun, Gallart – was sagen Sie jetzt? Ist Aaron ein Genie oder nicht?«

Auf einmal wechselte die Gesichtsfarbe des Bayern-Gangsters und Oberkraken von Weiß auf Dunkelrot. Die Wut übermannte ihn, und er musste sie an irgendjemanden auslassen – am besten an einem, der sich nicht sofort zur Wehr setzen konnte.

Er wandte sich Canterbury zu, der wie er die Hände auf dem Rücken gefesselt hatte und von Kämpfern des Einsatzkommandos festgehalten wurde. »Schon wieder alles für die Katz!«, schrie Gallart. »Alles umsonst! Alles vergebens!«

Und nun war er es, der Canterbury gegen das Schienbein trat – nicht einmal, sondern immer wieder, während er schrie und zeterte: »Alles umsonst! Alles für die Katz! Der ganze schöne Plan umsonst!«

»Ich kann doch nichts dafür!«, jammerte Canterbury. »Ah – Au! – Aua!«

Die Einsatzkräfte mussten sie auseinanderzerren und Mansfield befahl: »Abführen, die beiden! Und achtet darauf, dass sie sich nicht gegenseitig an die Gurgel gehen!«

Captain Brandon Jones gesellte sich zu seinem Sohn und Danielle und legte beiden die Arme um die Schultern. Auch er war erleichtert – und auch ein wenig stolz auf Cody und seine Freunde, dass sie es wieder einmal geschafft hatten, dem Schwarzen Kraken Einhalt zu gebieten.

An diesem Abend ging es im Speisesaal von Breckenridge Mansion hoch her.

Die meisten jungen Hochbegabten des Instituts hatten sich um einen Tisch versammelt, an dem sich Cody Jones und Aaron Howell gegenübersaßen.

Die beiden Jungen maßen einander im Armdrücken.

Danielle spielte Schiedsrichterin.

Die Arme der beiden Jungen standen senkrecht in der Luft, die Fäuste hatten sie ineinander verschränkt und drückten sie gegeneinander. Ihre Arme zitterten, ihre Muskeln spielten, beide verzogen vor Anstrengung die Gesichter.

Und dann – krach! – schmetterte Aaron Codys Hand auf die Tischplatte.

Die Menge, die sie umgab, jubelte auf und Aaron riss beide Arme hoch und schrie: »Gewonnen! Ich habe den großen Cody Jones besiegt!«

Cody schlenkerte sein Handgelenk und sagte beschwichtigend: »Jetzt komm mal wieder auf den Teppich, Junge.«

Aber Danielle sah Aaron begeistert an. »Wie hast du das nur hingekriegt?«

Aaron grinste übers ganze Gesicht. »Tja, Übung macht eben den Meister.«

Er meinte damit sein tägliches Fitnessprogramm, das war ihr natürlich klar.

Die Menge löste sich allmählich auf, aber zwei junge hübsche Girls wichen nicht von Aarons Seite. Das eine Mädchen hieß Tanja und war rothaarig, das andere Tina, sie war blond. Beide strahlten Aaron an, der sich schließlich erhob und die Arme um die Schultern der beiden Hübschen legte.

»Ich würde ja gern heut Abend was mit euch beiden unternehmen«, sagte er zu Danielle und Cody, die am Tisch sitzen geblieben waren. »Aber Tina, Tanja und ich wollen heute zu dritt in die Disco, und ich musste den beiden versprechen, nicht meinen ganzen Freundes- und Bekanntenkreis mitzuschleppen.«

Cody winkte ab. »Schon gut, Aaron. Nach den Aufregungen der letzten Zeit wollten Danielle und ich uns ohnehin mal einen ruhigen Abend gönnen.«

Aaron grinste. »War wohl ein bisschen zu viel Action für dich, was? Nun, mir macht so was nichts aus.«

Tina und Tanja kicherten wie einstudiert.

»Bis dann, du müder Krieger!«, rief Aaron seinem Kumpel Cody noch einmal zu, dann machte er sich davon, in jedem Arm ein bildhübsches Girl.

Als Danielle und Cody allein am Tisch waren, fragte sie ihn: »Du hast ihn doch gewinnen lassen, oder?«

Er grinste sie an. »Natürlich. War alles bloß Show. Aber es hat seinem Ego gut getan und ist sicherlich 'ne echte Motivation für sein tägliches Training.« Er zwinkerte Danielle zu. »Und Tanja und Tina?«, wollte er dann wissen. »Die beiden sind doch mit dir befreundet. Das hast du in die Wege geleitet, oder?«

Sie zuckte mit den Achseln. »Sie werden bestimmt einen schönen Abend haben.«

»Na, hoffentlich bricht ihm das nicht das Herz.«

Danielle schüttelte den Kopf. »Glaub ich nicht. Jetzt, da er glaubt, ein echter Kerl zu sein, ist Aaron viel lockerer zu den Mädchen. So ist es richtig. Tanja hat mir verraten, dass sie ohnehin schon immer auf Aaron gestanden hat, nur gab er sich bisher so unnahbar.« Sie zuckte mit den Schultern. »Tja, die Zeit der knallharten Macho-Typen ist nun mal unwiederbringlich vorbei.«

Cody riss in gespieltem Entsetzen die Augen weit auf und starrte sie an. »Du – du meinst, ich bin ein Auslaufmodell?«

Sie nickte. »Wie Stallone und Bruce Willis. Intelligenz ist heutzutage bei den Frauen angesagt.«

»Hm«, brummte er verdrossen. »Weißt du was?«

»Was?«, wollte sie wissen.

»Ich bin auf Aaron eifersüchtig«, schwindelte er grinsend.